澄んだ目で

大根龍太
One Ryuta

文芸社

まえがき

一人息子の誕生を機に、家と会社を往復するだけの愚かな生活を恥じて、息子と一緒に成長しようと思い立ち、絶えて久しい日記を書き始め、学生時代以来の読書を再開しました。

私は、昭和二三年生まれの、いわゆる団塊の世代のサラリーマンです。人並みに二七歳で結婚はしたのですが、子宝になかなか恵まれずに、息子を授かったのは平成元年の八月で結婚から十三年という歳月を要しました。

確かな信仰も持ち合わせもせず、ただオロオロと世を渡る愚かな父は、神や仏やお地蔵さんに、ことあるごとに手を合わせ、息子の無事な成長と母の長寿を願ってまいりました。

神や仏はさぞかし迷惑がって、慈愛の眼を投げかけておられることでありましょう。

読書には、おのずからテーマが定まるようで、私が好んで手に取る本は主にお坊さんやお医者さんが書くものが多く、それはなぜかと考えてみると、やはり常に生と死を見つめる眼差しということになるようです。

また、視線を落とした哀しい眼で、ものをいう作家も、私の感性と波長が合うように思います。

十年前から、子どもの誕生を機に書き始めた「澄んだ目で」は、日記の抜き書きのようなもので、少々くたびれた団塊の世代のサラリーマンの日々に思う、よしなしごとです。

明治四四年生まれの、馬の蹄鉄をうつ職人で、真っ正直で酒癖の悪かった私の父は、七十を目前にしてあっけなくこの世を去ってしまいました。不肖の息子は、父の死に目にも会うことができませんでした。その父の深い真の愛を知ったのは、息子を授かってからで、やはり長い年月が必要でした。

父の飲んだときの、いつもの唯一の名句といえば、「人生は悲喜こもごも」でした。この書は、その父の血を引きついで不器用にしか生きられない男の、独り言でもあります。

著者

二〇〇〇年秋

Ⅰ

悲喜こもごも

（一九九一年一〇月一九日〜一九九二年八月二三日）

文字板のない時計

秋のやわらかい　日差しと
小さい秋の　見分けがつかない私は
いつの間に　夏を過ごしてしまったのだろうか
公園でビールを飲みながら　ふと素朴に思ったものだ

季節にとどこおりがないと　するならば
まったく　私の不注意ということになる
幼いころは　ともかくとして
私はいくたび　このあやまちを重ねてきたことか

人の命は　はかないものなのに
私はなにをぼんやり　過ごしているのだろうか

あのもの言わぬ　樹木でさえ
明確に年輪を　刻んでいるというのに

やがてまた　音もなく来る冬に
私はなにか足跡を　残すのだろうか
もちろん　それは溶けて消え去るに違いないが
おそらく記憶の片隅には　のこるだろう

いくたび季節が　めぐり来ようが
年輪のない　季節の繰り返しは
やはりむなしい　時の流れだ
文字板のない　時計のようなものだ

（一九九一・一〇・一九）

探せばきりがない

人の生きてゆく　みちのりは
人さまざま　である
人の生きてゆく　ありようも
人さまざま　である

人はだれにも　優しく
何にたいしても　もっと
優しく生きて　いきたいと
願っている　ものなのだ

人生とはなんと　こうもまた
疲れるものなので　あろうか

自然や時は悠々と流れ　いささかも
急いだりは　しやしないのに

せわしない　世の中だ
自然のリズムで　もっと
ゆっくりと　歩いて行けばいい
なにも心までが　急ぐことはない

人生の幸せに　もっと気づけばいい
今日まで　生きてこられたこと
愛する子どものこと　家族のこと
探せば　きりがない

（一九九二・三・一四）

小さな悟り

一にち中　雨
静かな雨音は　季節のうるおい
雨だれのリズムは　心のうるおい
乾いた心のヒビを　いやす自然の薬

息子が　ブーブーに乗ろうという
でも今日は　行けそうにないや
むろんむげには　断ってはいないが
今はスヤスヤと　眠っている

この幼いものの　出現は
私の人生の　すべてと言っては言いすぎか

この愛すべきものは　私の心を優しくした
むろん彼に　たいしてだけでなく

でも早まっては　いけない
この世の中で　私自身の持ちものは何もないという
子どもだけではない　家族や金も地位も
すべては神からの　預かりものだと

これが悟りだと　いうのだ
お釈迦様は　なんと無情な教えをとくのか
だがこだわらない心と　無常を知れば
心は無限に広がってゆく　という小さな悟り

（一九九二・三・一五）

悲喜こもごも

若いころ　親父が言った
先祖に感謝し　仏壇に手を合わせろと
私は　生意気に言った
先祖など　人間だけではないと

酒ぐせのよくない　親父は
酔っ払っては　道ばたに自転車と寝ていた
そのたびに　私と弟が出かけていく
バイクで親父を自分の体に結び　弟は自転車を

私には親父に叱られた　記憶がない
まったく　親父は子ぼんのうだったのだろう

日に焼けた笑い顔で　幼い弟を抱いた
その写真で　それがよくわかる

この歳になって　よくわかるのだ
晩年の親父が　酒を飲まずにいられなかった気もちが
その口癖はいつも　悲喜こもごもだった
まさに人生は　思うようにはならないのだ

子どもや家族を　愛すればこそ
酒に酔っては　憎まれ口をたたいたのだと
人間はいつも素面では　生きられない
うらを見せおもてを見せて散るもみじ　と良寛は詠んだ

（一九九二・三・一五）

最後にわらうのは

田舎の家の　新築が
去年の暮れに　終わった
ひとり住む　老いた母には
ちょうどよい　大きさだろう

不徳な息子は　若気のいたりで
結果として　故郷を捨て
母をも捨てた　ことになる
その息子の　ささやかなプレゼントか

世の流れに　そったまでよ
そう　いいつのってみても

いっそう　空しくなるだけだ
時の流れに　手加減はない

限られた　時間の価値は
なにごとにも　かえがたく
また　優先されるべきだ
この私の　想いは辛い

親は子を思い　子は親を思う
この尊く生きたいという　切ない願いは
今の世の中では　おわらいぐさか
だが最後にわらうのは　だれなのか

（一九九二・三・二〇）

言えるのだろうか

私は　恥ずかしがりやで
この歳に　なっても
ひとにたいして　妻のことを
女房などと　言ったことがない

いつも　嫁さんがね
などと言って　その場をごまかす
だから　いまだかつて
映画のような　セリフは言ったことがない

息子が　生まれたときも
ただオロオロと　やや顔をひきつらせて

ほほえむことしか　できなかった
でも言っておくが　実はセリフは考えていた

田舎の家を　建て直すときも
当分母ひとりが　住むだけのため
妹や弟が　妻に気を遣い
感謝も　してくれた

私はまともに　相談もしていないが
もちろん　異はとなえてはいない
妻の顔をみて　ありがとうと
はたして死ぬ間際にでも　言えるのだろうか

（一九九二・三・二〇）

幸せ気分

ジャスコの四階の　レストランで
ビールを飲みながら　外を眺めていた
改装オープンで　多くの人が行きかう
まるで　蟻のこのように

私は息子の　笑顔を眺めながら
いつものように　幸せ気分
かの多くのひとたちも　きっと幸せなんだろう
そう思うと私はまた　幸せ気分

明日もあさっても　しあさっても
みんな幸せで　あればいい

そして　私自身も
幸せで　あればいい

だがちょっと　待ってくれ
戦争もない　この日本で
交通事故だけで　毎年
一万人のひとたちが　死んでいるのだ

そうなのだ　忘れてはいけない
この世の中は　まさに無常なのだ
今のこの小さな幸せを　確認しておかねば
明日では　ておくれなのかもしれないのだ

（一九九二・三・二〇）

バランスをとれるのか

ぐずついていた　一週間もおわり
久しぶりの　晴れまの休日
京都の　梅小路蒸気機関車館へ
息子をつれて　ドライブ

さすがに　いろいろな
蒸気機関車が　車庫に並んでいた
私が通学したころは　一部はまだ現役だった
もちろん　九州の田舎のはなしだが

見学者のために　一両だけ動いており
黒い煙をはき　白い蒸気をふいていた

あまりにもけたたましい　汽笛に
息子がおびえて　泣きだした

まさにそれは　くたびれた勇姿だった
耳をつんざいた　さけびに似た汽笛の音は
昔ならした　老いた運転士の魂の声か
いささか感傷的に　すぎようか

だが視線を転ずれば　新幹線が
私の目の前を　走りぬけていく
この限りない技術革新の　行く末は
自然の子である人間と　バランスをとれるのか

（一九九二・三・二二）

揺れている

私は最近　会社を辞めることを
イメージすることが　よくある
とくに具体的な理由が　あるわけでもない
ただ漠然と　そう思う

私には親を捨て　故郷を捨てたという
痛恨の　おもいがある
現在のこの豊かな社会は　労働者を
田舎から吸収することによって　成立した

私はやすやすと　その術中にはまった
その被害者意識が　根深い

だから自分の　責任ではないという
安易な逃げも　用意している

本当の人生とは　もっと素朴な
もっと当たり前な　ことではないのか
つまり　故郷に錦を飾るのではなく
故郷で　親の面倒をみるとか

お釈迦様も　言っていた
決して親の看病を　ひとに任すなと
その素朴な　呼び声に
私のこころは　揺れている

（一九九二・三・二三）

この世の未来なのか

子ども　親孝行は
三才までと　ある人にきいた
それならば　今のうちに
息子に　そうしてもらおう

私たち夫婦には　子どもが
なかなか　できなかった
彼の出現には　なんと
十三年の歳月を　要した

そのせいか　私は
親バカの　極みである

とはいいながら　歳相応の
育て方をしないと　神に申し訳がたたない

人間は死ねば　土に帰る
肉体は蘇らないが　血は永遠にながれていく
私の血もすでに　彼の中に受けつがれて
少しまえより　躍動を開始している

科学的にいえば　DNAの伝達情報は
人間の魂の根源にまで　インプットされており
魂は永遠に　生きつづけている
あの世とはまた　この世の未来なのか

（一九九二・三・二四）

つらい反省

私には情けない　悪癖がある
酒を飲むと　ある時点から
記憶の文字が　消えてなくなる
という　病気なのだ

文字がない　のだから
読めるわけは　ないのだが
その文字の　読めるひとが
私にやさしく　忠告をする

お前は誰に　なにを言った
なにをした　などなどと

その記憶にない　記憶が
まさに記憶　しきれないほどにある

そのたびに　いつも
深い自己嫌悪に　おちいる
だが口数のすくない　気弱な私が
病気もせずに　この娑婆にいる

この生きにくい　世の中をわたる
神が与えた　処方箋なのか
少しもよくは　ないのだが
つらい世の中の　つらい反省

（一九九二・四・四）

確認しておかねば

今は桜が　満開
命のみじかい　この花も
今年の　この長雨に
さらにみじかく　散るだろう

息子に　せかされて
雨の中を　ドライブ
途中でスーパーに　立ち寄って
缶ビールと花見団子を　ショッピング

やむなく　雨にけむる
花見と　あいなった

そうなのです　季節を見失わないための
私の儀式　なのです

　春は　花をめで
夏は　海に入り
秋は紅葉を　ながめ
冬だけは　ひそかに雪が降る

　なぜか私は　そうしないと
その一年を　損をしたような
そんな気がして　ならないのだ
季節を　確認しておかねば

（一九九二・四・四）

見ていてくれるのか

ひとの心　というものは
不思議な　もので
いつも　川の流れのように
移ろい　漂う

小さな悟りを　いただいて
心静かな　時もあれば
なぜか　さざ波に
揺れ動かされる　時もある

ひとは世の中に　かかずりあって
生きているのだから　それもやむをえまい

なんのひっかかりもなく　流れていけるほど
この娑婆は　甘くはない

ただ私は　思うのだ
ひっかかり　ぶっつかり
漂い流れて　行くのだが
自分の視点だけは　見失わない

私という　このちっぽけな存在は
自分が見放したら　誰が支えてくれるのか
私につづく　幼いものも
神は　見ていてくれるのか

（一九九二・四・二六）

あるがままなのだ

世の中に　無駄なものはないという
この世にあるものは　すべて意味がある
さしずめ　この私も
生かされていて　その意味があるのだろう

娑婆での　用事がすめば
好むと好まざるとに　かかわらず
サッサと　あの世に
行かなければ　ならない

次の役割が　待っているという
まことに分かりやすい　思想である

テレテレと未練の涙に　くれてはいられない
それは老若を　問わないと

そうは教示されても　人間というものは
現在ただいま　それなりに生きているから
そうは単純に　納得はいかないし
そのしがらみは　越えられない

だが雲仙普賢岳は　今も鎮まらない
言いたいことは　いくらもあるが
それは理屈では　ないのだ
ただ　あるがままなのだ

（一九九二・四・二八）

共に始まった

サラリーマン生活も　二十年
アルバムを　めくると
さすがにその年月の　積み重ねが
私の顔に　如実によみとれる

その年月の重みとは　うらはらに
私はなんと　軽々しく
取り返しのつかない　人生を
繰り返して　来たのだろうか

いささか　おおげさにいえば
星を見ながら　出勤し

また星を見ながら　家に帰ったという
時節も　たしかにあった

だがそういう　一労働者としての
うらみつらみを　会社や社会にたいして
あげつらう気は　さらさらない
ただ自らの　来し方を恥じる

人間は　ただ生きるものにあらず
常に精進し　豊かな精神を育み
人間らしく生きる　義務がある
それは息子の誕生と　共に始まった

（一九九二・五・一〇）

私は大切にしたい

今日ただ今を　生きる
もっといえば　生ききるという
なかなか　尋常な心がけでは
その実現は　おぼつかない

だが私にも　その意味はわかる
未来のことは　もとより
近未来の　明日のことでさえも
実はだれも　わからないのだから

ましてや　今日が無事に
終わるかどうかでさえも　定かではない

何もおおげさな　ことではない
ただ自分だけは　明日があると錯覚しているだけだ

このことは　日常茶飯事に
新聞やテレビで　証明ずみだ
明日はではなくて　今日は我が身であっても
少しも　不思議ではない

休みのたびに　息子をつれて
どこかへドライブに　出かける
必ずしも　そんな深い意味ではないのだが
彼との時間を　私は大切にしたい

（一九九二・五・二四）

いかなるものか

曽野綾子の　エッセーで知ったのだが
太平洋戦争末期に　沖縄の渡嘉敷島で
集団自決があり　一個の手榴弾に
身内二、三十人が　重なって自決したという

不発弾が多かった　ために
さらに不幸を　招いたという
死に切れなかった　者たちを
鎌や石や木で　殴り殺したという

その死に行く順番は　自らあり
最も愛すべき　幼い子ども

そして　老人婦女子と
その役割は　父親と年端のいかない若者だった

米軍が上陸し　進退窮まる
パニック状態だったと　いうものの
人間の愛の極限には　こういう形もありうるのか
私にはとうてい理解できないが　事実なのだ

死に行く者達も　請い願って死に赴いた
誠に不遜な　考えだが
現在の虚ろなまなこの　家族関係を思うと
真の家族とは人生とは　いかなるものか

（一九九二・六・六）

歩いて行こう

円錐の器は　立てても立たず
すぐに水はあふれて　しまつにわるい
この底を丸くして　円筒にしたら
水位はたちまち下がり　倒れもすまい

波は立ち　風は舞い
あれこれと　やたらかしましい
この時世では　円錐形の器では
バランスをとれず　自ら立てもしない

支えあい　助けあう
世の中ならば　いざしらず

みんな好き勝手　支離滅裂
これでは　どうにもならぬ

せめては　底をおし広げ
その雑音も　少しは聞いてやろう
もっと雨も　降ってもいい
私自身で　それを受けとめよう

このちっぽけな　私の存在も
実は宇宙の　確かな一分子なのだ
その在り方は　定かではないけれど
私なりに　歩いて行こう

（一九九二・六・二〇）

向きを変えよ

子どもの　寝顔を見て
ふっと　ほほえむ時
私は　自分にもどる
子どもは　むろん何も知らない

もちろん　何も知らなくてよい
それは私の　世界であり
彼は別の世界を　生きている
それより他に　何がある

何もないのだが　二人は共に生きている
その生きている　部分に接点がある

そして　なによりも
DNAを　共有している

根っこの部分は　共有しているが
その幹の部分と　若い枝では
日当たりも　風向きも
いささか　異なるだろう

だから　それでよい
いまさら幹は　回れ右はできないが
若い枝は　好きに吹かれればよい
そして　向きを変えよ

（一九九二・七・一六）

それがどうしたと

神戸屋レストランで　コーヒータイム
息子は　イチゴショートケーキ
お母さんは　それにホットコーヒー
そして私は　もちろん生ビール

息子の頭を　撫でながら
おいしいか　と聞くと
彼はかならず　うんとうなずく
それでお父さんの　面目躍如

単細胞の父親と　これまたわがままな息子の
他愛のない　いつものシーンである

それをお母さんは　いつもニコニコ
そうなのだ　お母さんイコール仏様

この私の思いは　今も変わらない
それほど包みこんで　許せるのは
人間の技とは　とても思えない
まさに父母恩重経の　世界である

いささか大袈裟な　いいようかもしれないが
子煩悩を自認する　この私でさえ
とてもまねは　おぼつかない
だからといって　それがどうしたと

（一九九二・七・二六）

じつはいつもある

この歳になって　いまさら
来年もまた　会えるであろう
母親や　妹弟との別れを
悲しんでも　仕方があるまい

でも私は　落ち込んで
暗く悲しい　気持ちになる
仏様の説く　愛別離苦の世界である
まさにこの世は　ままならぬ

二十年ぶりで　田甫に入り
稗を抜き　農薬をまいた

弟は　畦草を刈った
でもそれは　評価はされない

今の百姓は　努力してはいけない
そう田甫は　荒れ放題
休んだ人には　お金を出すが
汗をかいたら　法律違反

これでは　どうにもならん
自然とともに　自由に生きる人達が
がんじがらめだ　冗談はよしてくれ
正しい結論は　じつはいつもある

（一九九二・八・一〇）

また頑張ろう

今日は息子の　三才の誕生日
宝塚ファミリーランドへ　行ってきた
神や仏は　もちろんのこと
この世のありとあらゆるものに　感謝しよう

この私の小さな　喜びを
どうか笑わないで　いただきたい
しょうもないことは　百も承知のうえだ
だがそれが私の　全てへの感謝なのだ

子どもの親孝行は　三才までと
すでに聞いて　承知している

すでに萌芽はあるが　あと一年もすれば
さぞかし反逆の　限りを尽くすことだろう

子どもに　教え伝えることは
山ほどあるが　できるだけ伝授しよう
そしてたくましく　育ってほしい
それがお父さんの　唯一の願いなのだ

やがて今日も　おしまいだ
お日さまが　昇って
新しい一日が　始まったら
お父さんは　また頑張ろう

（一九九二・八・二三）

II

大将がいるからだ

（一九九二年九月二一日〜一九九三年一一月一七日）

やりなおしなのだ

心が　落ちついて
広がって　いくとき
自分の　重心が
低くなっているのが　自覚できる

そして　視力を超えて
まわりが　鮮明に見える
目と心とは　たしかに
連動して　いるのだろう

鮮明に　見えるだけではなく
その輪郭に　たしかに潤いがある

そして　明と暗とが
なぜか調和して　くっきりと見える

それが小さな悟り　なのかもしれない
だがそこで　女房に言われてしまう
お父さん　一週間にボトルが二本ですよ
体に気をつけて　くださいと

自分をみつめると　まわりが見えるという
私の小さな悟りは　そこで粉砕される
つまりまわりが　見えていないのだ
そこでまた　やりなおしなのだ

（一九九二・九・一一）

つまり諸行無常なのだ

朝夕は　すでに肌寒い
季節は　間違いなく
秋を運んで　来ているのだ
この季節の移ろいは　なぜか示唆にとんでいる

太陽に対して　地軸が傾いて
いるのだから　これは当たりまえだ
それはそうだが　この傾きの絶妙な
バランスは　どうしてできたのだろう

そしてその　恩恵を受ける
日本という国と　私たち日本人

この国の　先人たちは
仏教を通じて　宇宙の理法を観た

とどまることなく　川は流れ
澄んでいようと　濁っていようと
おかまいなしに　海へ帰る
そしてこだわることなく　海になる

川だ海だと　呼んではいるが
何のことはない　ただの水だ
ただの水だが　気体液体固体と
変幻自在　つまり諸行無常なのだ

（一九九二・九・二〇）

言う他はない

机に向かって　日記を書いていると
後のジャングルジムで　遊んでいた
息子が　ふいに言う
おとうさん　あそんでくれないから

そう言って　隣の部屋へ行こうとする
これは私の　基本的な生き方への
提言であるから　放ってはおけない
即座に　万年筆をおいて対応

たちまち　私と彼は
全日空の　パイロットになって

大阪空港と　大分空港の間を
交互にフライト　することになった

大人は目に見える　価値にしか
たしかに　関心を示さない
だが子どもは　この瞬間に
すべての価値を　実現する

仏教の神髄を　知るはずもない
三才の息子に　教えられて
この世の無常を　二人で確認するとは
なんとも幸せだと　言う他はない

（一九九二・一〇・一四）

日記を書いている

マンションに　たどり着いて
エレベーターを　降りると
息子と女房が　待っていた
ただいま　おかえりなさい

朝も同様に　いってらっしゃーいと言う
それが私の　小さな幸せなのだ
他に望むものが　はたしてあるのか
もちろん探せば　きりはない

探し望んだところで　何になる
心が貧しく　なるだけではないか

何もないのも　いささか困るが
あり過ぎたって　褒められることもない

　人の生きようは　多様であって
いっこうに　かまわない
だが確認しようのない　未来に向かって
思い迷い　さまようよりは

　今日の　この小さな幸せを
素直に喜んで　いるほうが
自然でひっかかりが　ないではないか
ウイスキーを飲みながら　日記を書いている

（一九九二・一〇・一七）

生かされているのだから

箕面公園に　ドライブ
紅葉もやや　色が薄れ
秋の深まりが　身に染みる
今日このごろ　である

野猿の親子にも　不具の猿にも
やがて訪れる　冬は
いささか　生きにくかろう
しかし彼らは　季節を知っているのだろうか

などなどと　余計なことを
つい考えてしまう　悪いくせだ

なにも生きる　ということは
猿にかぎらず　大変なことではないか

猿の横顔を　じっとみながら
そのたよりない　視線に
私は思わず　自分のことを考えあわせて
なぜか急に親しみが　湧いてきた

生きとし　生けるものに
神があたえた　試練に
無駄なものが　あるはずがない
猿も私も　生かされているのだから

（一九九二・一一・二二）

思わずにはいられない

息子と　同い年の
近所のともだち　T君が
わが家に　遊びにきた
女房が彼に　私を紹介する

「T君　お父さんよ」
私が「こんにちは」　というと
彼はこっくりと　うなずいた
すると隣にいた　息子が

私を　見上げながら
「おとうさんよ」　と彼に

さも自慢そうに　私を紹介する
私は不意を　つかれたが

息子の　その顔が
なぜか私には　愛おしかった
何も自慢するほどの　父親であるとは
もちろん　思わない

だが息子に　とっては
私は彼の　偉大な父親なのだ
そう思うと　私は
その道の遠さを　思わずにはいられない

（一九九二・一二・一二）

超えるものでもある

湯舟に　つかっていると
扉の向こうから「おとうさんありがとう」と
息子が　何度も言う
そうなのです　その理由があるのです

プラレールの　ＡＮＡの電車を
買って　きたのです
彼がまた　やってきて
「おとうさんありがとう」　と言う

つばさと　おどりこと
ＡＮＡの電車を　ありがとうと言う

彼の要求と　私の満足は
そこでバランス　しているが

はたして　それでよいのだろうか
ほんとうは　クリスマスの
プレゼントの　約束だったのに
親バカが　待ちきれなかっただけだ

彼の健全な　成長を願う気持ちと
諸行無常の　諦観と
このアンバランスとの　ずれは
私の判断を　超えるものでもある

（一九九二・一二・一八）

世の中で

昼過ぎに　納会も終わり
帰りの　電車の中で
心地よい　疲れに揺れながら
この一年を　振り返っていた

人の生きざまに　過不足が
ないと　するならば
私は自分自身の　基本的な生き方の
さらなるレベルアップを　せねばならぬ

去年といわず　今年といわず
今の私の　幸せ度合いは

はなはだ　過分なものと
言わざるを　えないだろう

　息子も妻も　母も妹弟も
そしてその連れ合いも　子供たちも
みんな息災にて　今年も暮れようとしている
この世のありとあらゆるものに　感謝する

　何度言っても　言い過ぎることはない
神や仏に感謝の祈りを　ささげよう
このせわしない　世の中で
この諸行無常の　世の中で

（一九九二・一二・三〇）

その外にはいないではないか

年も明けて　平成五年
これといった　抱負もないし
格別なる　望みもない
なにもふてくされて　いるわけではない

この私という　人間の
平凡な　一日いちにちの
繰り返しが　その全てであって
その他に　何を望むことがあるのだろう

むろん私とて　凡夫の極みで
上を望めば　きりがない

だが人間の　幸せとは
もっと身近なもので　当たり前のことではないか

親が子を思い　子が親を思う
そして兄弟が　いたわりあう
こういう人生の　最小単位の
出発点こそが　全てではないか

これを超えて　他に価値あるものが
この世の中に　あるとは
とても私には　信じられない
私自身がすでに　その外にはいないではないか

（一九九三・一・二）

大将がいるからだ

我が家には　大将が二人いると
我が女房が　嘆く
つまり亭主の私と　一人息子
この二人の　わがまま者のことである

この私は　亭主であるから
あるいは　やむをえないが
この息子のほうは　いささかやっかいだ
なにしろ　怖いもの知らずだ

亭主の私は　女房の怖さを知っているから
わがまま放題　というわけにはいかない

ただし　断っておくが
飲んだときは　話は別だと思うのだ

この二人の　大将に
女房が　手をやいているという
それはそうかも　知れないが
事実は　しょせん女房の手の中だ

大きい大将と　小さい大将は
いつもわがまま勝手　かもしれないが
いつも大将で　いられるのは
じつはもう一人　大将がいるからだ

（一九九三・一・二）

人生の問題なのだが

人生は　一度限りだから
悔いのないように　生きよという
たしかに長いようで　短くもある
この人生は　思うようにはならない

お釈迦さまの　説くように
私自身も　含めて
子どもも　金も地位も
すべては仏さまからの　預かりもの

つまり私自身の　持物など
実は何も　ないのだよと

それはたしかに　自由で
広々とした　世界である

しかし　塵芥にまみれた
この世の中で　生きるこの私に
どのような　選択が
許されるので　あろうか

老いて一人　田舎に住む
母の行く末　さえも
この私には　いまだに
未解決の　人生の問題なのだが

（一九九三・二・七）

悲しさがこみ上げてきた

息子が　この十二日に
幼稚園に　入園した
最初の　三日ほどは
不安そうに　していたようだ

今はだいぶん　慣れてきて
楽しみにして　いるかどうかは
知らないが　元気に
通園を　しているようだ

何よりも　意外だったのは
そのストレスの　せいだと思うのだが

彼の生活の　リズムが
すっかり変わって　しまったことだった

夜は早く　寝るようになったし
朝はなかなか　起きづらいようだ
これではまるで　私と同じではないか
思わず苦笑いを　浮かべてしまった

子どもの寝顔を　眺めながら
彼なりに　彼の幼い人生を
歩いているのだな　そう思うと
せつなさと　悲しさがこみ上げてきた

（一九九三・四・二九）

意味がない

人生とは　もっといえば
サラリーマン　という世界は
まことに　不自由
極まりない　世界である

しょうもないことに　みんな
戦々恐々　としていて
出る杭は　打つわ
足は引っ張るわでは　どうしようもない

ほっといてくれ　というのが
わたしの感想なのだが　そうはいかない

いちいち　かしましいし
そして　おせっかいでもある

それはそれで　よいのだが
私というのは　どこにあるのか
酒債は尋常　行くところにあり　と
杜甫は　詠んだが

結論のない　人生では
それも　よいではないか
だが自分のない　人生では
それ自体　意味がない

（一九九三・五・一四）

眼差しを投げておられるのだろう

子どもが　熱を出しただけで
ただオロオロとする　この私は
もしこの場に　女房がいなかったら
と思っただけで　ゾッとする

それほど　女房の存在は
子どもにとっても　私にとっても
かけがえのない　偉大なる
存在　なのである

その偉大なる　女房も
いつもは空気みたいな　ものだから

いっこうに　私も子どもも
感謝の　気持ちがない

　のみならず　いつも
わがまま　放題である
そして何か　言われたら
すぐに腹を立てる　ありさまでもある

　仏様は　ニコニコと
このどこにでも　あるような光景を
眺めておられる　ことだろう
そして慈悲の　眼差しを投げておられるのだろう

（一九九三・五・一六）

であるかも知れない

生まれる　前は
「無」である　という
死んで　後も
「無」である　という

しかし　何も無いところから
有は生じないから「空」であるという
また死んだ　からといって
やはり無くならないから「空」である

だとすれば　人は生きている間も
「空」だという　ことになる

このような　有るのか無いのか
分からないのが　人生だとすれば

広大無辺な　捕えようのない
全く無礙な　自由な世界ではないか
その世界で　生きているというか
生かされている　というか

つまりは　あるがままなのだ
もっといえば　仏様の手の中で
生かされている　というのが
人生そのもの　であるかも知れない

（一九九三・六・一三）

不幸である

京都の　清水寺
三十三間堂と　お参りをしてきた
息子には　はなはだ迷惑な
休日の過ごし方　だったであろう

ただ誘われる　ままに
ただ気のおもむく　ままの
仏さま詣で　であるのだが
どんな意味があるのか　私にも分からない

分からない　のであるけれども
私をそのように　誘うこと自体に

おそらく　仏さまの計らいが
働いているのかも　知れない

まったく偶然でしか　ないのだが
息子は仏さまのことを　みほとけさまという
女房が決めた　幼稚園が
たまたま仏教系の　幼稚園ということにすぎない

いくら言っても　言い過ぎることはないが
人間の思いを　超えるものが
確かにあると　いうことを
知らずにいるということは　不幸である

（一九九三・九・二七）

こだわることもない

人生の幸せの　総量が
決まっていると　するならば
私はいま　その頂点を
たどっている　ことになるだろう

可もなく　不可もなく
まさに過不足なく　この世の中は
過ぎ去って　行くのであろう
その中に　ただ身を任せて

私の持ち時間が　流れて行く
もちろん　私だけの時間

などというものは　あるはずもなく
重なって　女房と子どもがいる

その故に　私の幸せがある
この生かし　生かされて行く
人生の　有り難さの他に
感謝をする　何があるというのだろうか

いやいや　それこそ
自然の営みは　永遠であるのだから
このちっぽけな　私の思いなどに
何もこだわる　こともない

（一九九三・一一・一三）

あるというのか

棺の蓋を　覆ったときに
その人間の　評価が定まるという
なんという感動的な　言葉であろう
人生に結論などは　ありはしない

それは　当たり前で
自分がいつ死ぬのか　知っている者など
一人として　いないのであるから
そもそも結論など　つけようがない

現在只今という　この一刹那しか
確認できない　かげろうのような

人生であるといっても　過言ではあるまい
なにも頽廃的に　言っているのではない

天変地異に病気　交通事故等々
目の当りにして　疑う余地のない
事実を毎日　確認しているではないか
その故に現在只今の　幸せの確認が不可欠である

それがとりもなおさず　生きがいであり
よりよく生きる　ということであろう
今を生きる他に　どのような処世術が
この世の中に　あるというのか

（一九九三・一一・一七）

Ⅲ

泣いて笑って

（一九九三年一一月二三日～一九九五年六月三日）

死にはしない

霜月も残すとこ　わずかとなり
さすがに　朝夕は肌寒く
冬のおとずれを　思い知らされる
今日このごろ　である

今年の秋を　今日も嵐山に
確認しに行ったが　やはりいまいちだった
このまま従容と　散り敷いて
静かに冬を　迎えることだろう

季節異変で　今年の冷夏は
何十年ぶりかの　稲の大凶作をもたらし

日本中で　米の値上り品不足
緊急輸入だと　大騒ぎ

そして米の　自由化問題と
あいまって　話題にこと欠かない
しかし紅葉は　深紅に染まぬままに
この冬を待って　いるではないか

どこかピントが　ズレていないか
もっと謙虚に　生きたらいい
紅葉も人も　自然の子ではないか
色あせたままでも　死にはしない

（一九九三・一一・二三）

他人事だとは思わない

将棋の　森安九段が
中一の長男に　胸を刺されて
死亡した事件が　報道されていた
この種の事件は　やりきれない

有名校に　通っていた息子が
学校を休みがちに　なっていたのを
父親に注意され　進退窮まって
この愚行に　及んだというのだ

父親の不幸には　同情するが
この子の負った　心の深い傷も

それ以上に　救いがたいではないか
父親の同僚は　神は残酷だとコメントした

子どもを愛さない　父親が
この世の中に　いるだろうか
その愛の表現を　間違った父親と
すれちがって受けた子の　愛の渇望が悲しい

人間は当然　完璧ではありえない
もっとゆっくりと　生きるのに
越したことはないが　だからといって
この親と子の愛と憎しみを　他人事だとは思わない

（一九九三・一一・二五）

漂って行くか

新年を迎えた　というのに
これといった　抱負もなければ
言葉もないという　いささか
あきれぎみの　新年三日である

まああれこれと　理屈は
あるのであろうが　それはよい
過ぎ去った　平成五年も
まことに過分な　一年であった

また迎えた　この一年は
どのように巡り行く　ことであろうか

神ならぬこの身には　知る由もない
だが私には　恐れはない

ただ流れるままに　身をまかすより他に
なす術を知らない　私としては
これ以外に　どのような
道の選択が　あるというのだろうか

サラリーマン生活に　一つのけじめが
今年はあるいは　あるのかもしれない
さてさて　私という小宇宙は
その法に導かれて　漂って行くか

（一九九四・一・三）

生きるということだろう

人間は人間で　あるが故に
煩悩と嫉妬の　世界から永遠に
決別できない　のであろう
多くの賢人でさえ　容易ではなかったのだから

私自身も　その最たるものである
その煩悩と嫉妬の　繰り返しの人生である
その事実は　素直に認めざるを得ないが
それだけでは　あまりにも進歩がない

確かに世の中は　外からの評価によって
成り立っていると言って　過言ではない

だが私という　人間は
とにもかくにも　厳然と存在している

外からの評価のみに　身を処すと
ほんとうの幸せは　確認できない
幸せを確認するのは　私自身であり
その価値基準は　私の中にある

右往左往する　人生ではあるが
この視点だけは　失いたくない
私は私でしかなく　他の何者でもない
それが自分らしく　生きるということだろう

（一九九四・一・七）

気持を思うと心が痛む

私の親父は　物心ついた頃から
馬の蹄鉄をうつ　職人であった
ふいごを引きながら　鉄を焼いて
それをたたいて　蹄鉄を造る

その熱い蹄鉄を　馬のひづめに当てると
ひづめの焼ける香ばしい　独特の匂いがした
子どもの頃の思い出に　馬の足を持って
親父の手伝いをした　記憶が確かにある

しかし時代は　移って
馬車を引く人は　徐々にいなくなり

モータリゼーションの　世の中になった
必然的に　親父は廃業した

その頃私は大学に　行かせてもらっていたが
親父の仕事と　アルバイトの私の仕事が
まったく同じで　生コン会社の
土方の作業員兼掃除夫で　日給も同じだった

私は模範的な息子で　あったかもしれないが
その頃の親父の心情など　知る由もなかった
親父はさぞ情けなく　辛い毎日であったろう
当時の親父の　気持を思うと心が痛む

（一九九四・一・一九）

今でも鮮明である

珍しく一人暮しの　母親からの
電話をとって　話をした
内容は他愛のない　ことであるが
今も元気でいることが　有り難い

母との思い出は　語るに尽きぬ
親父がアルバイトで　夜の電報配達をしていた
だが酔っ払って　出来ないことがよくあった
母と私がその代役を　したものだった

まだ足も充分に　届かない自転車に
母親を乗せて　暗い夜道を走って行く

ある夜私は　ハンドルさばきを誤って
母親と自転車ごと　溝に転倒してしまった

届け先に電報を　渡したら
母の腕から　血が流れていた
暗闇の中で　怪我に気がつかなかった
そのまま戻って　病院に行った

なにせ当時の　田舎の医院の故に
麻酔もせずに　先生は数針を縫った
母はその処置を　無言で受けた
私の中でその記憶は　今でも鮮明である

（一九九四・二・一二）

超えるものである

珍しく平日の　休日だった
たまたま幼稚園で　子供たちの
遊戯のミニ発表会が　あるというので
女房といっしょに　行ってきた

大勢のクラスメートと　いっしょに
楽しそうに　遊戯をしている
その姿を見れば　それなりに
私の思いは　満たされる

一人っ子　なるが故に
集団の中で　生活させたいという

ただそれだけの　思いであって
その他には　何も望まない

　自分のことを　思い巡らすまでもなく
兄弟がいないという　こと自体は
はなはだ　不憫なことだと
思わざるを得ないが　これはやむをえない

　神や仏の　おぼしめしに
感謝することは　あっても
恨む筋合は　持ち合わせてはいない
それは人間の思いを　超えるものである

（一九九四・三・四）

生きられまい

朝からの雨で　出かける
気にもならず　昼飯後ウイスキーを
飲みながら　ワープロを打っている
息子は女房と　ジャスコのマクドナルドへ

うっとうしい　ながらも
誠に平穏な　一日である
今あらためて　思うことでもないが
息子も四才半で　言うことも一人前

その都度　腹を立てたり
笑ったりで　まさに悲喜こもごもの

人生劇場の　真っただ中である
これをすなわち　幸せというのであろう

面と向かって　女房に聞いたことはないが
それは女房も　同感であるだろう
今いないから　言うのであるが
「お前ほんとうに　よかったなあ」と

しかし仏さまが　説かれたように
愛別離苦が　この世の真理である
それを言ったら　しまいであるが
それを知らずには　生きられまい

（一九九四・三・一二）

新たな体験であった

息子と　二人で
京都の松尾大社と　嵐山へ
いつものように息子は　リュックを背負って
私は文庫本を　片手に出かけた

嵐山の蕎麦屋で　ビールとジュースを
飲んでいると　とつぜん奴が
「おとうさんウンチ」と　言い出す
「我慢できないのか」と　あわてて私

くだらない質問だと　思ったが
奴はむぞうさに「うん」と言う

生まれてこのかた　未だかつて
おしめも替えたことのない　この私である

だが緊急事態の　今となっては
そのような　いきさつなど
まったく　無意味である
奴を伴って　トイレへ直行

「終わったら　言えよ」
しばらくして「おわったよ」と奴の声
扉を開けて　その後始末
おかげで今日も　新たな体験であった

（一九九四・三・二一）

物語ではある

人間は　ときとして
言葉を忘れる　ものである
さりとて　その沈黙のときに
何も語らないと　いうわけでもない

言葉は　外に向かって
発せられるとは　限らない
内なる自分にも　語りかけているのだ
その故に　人は思いを深くする

愛しい　子どもを見て
悲しい思いが　込み上げてくるではないか

それを惜しみない　愛という
これを仏さまは　慈悲の心という

それよりも　なによりも
もっと愛しい　自分がいるではないか
子どもには　迷いのない
愛が限りなく　注げるのに

自分への愛は　いつもしどろもどろなのは
本能なるが故に　制御がきかないのだろうか
そして自分で　傷つくという
誠にお粗末な　物語ではある

（一九九四・四・七）

確立というのだろう

正月三日に　恐れはないと
日記に書いた　そうなのだが
日々揺れ動く　私の心に
歯がゆい思いを　繰りかえす

だがそんなことに　こだわっている
自分こそが　こっけいなのだと
もう一人の私は　眺めている
そしてそれは　私なりに納得できる

なにも聖人君子を　目指しているのではない
ただ自分を　見失わないだけでよい

それが安心を得ると　いうことだろう
それより他には　何も望まない

そう理解している　にもかかわらず
悲しい習性で　無意識のうちに
つい他人と比較している　自分に気づく
愚かなことだと　言う他はない

かけがえのない　自分とは
他人をもっては　代えられない
ということを　知ることである
それを自己の　確立というのだろう

（一九九四・四・一九）

無駄になることはない

昨夜　中華航空機が
名古屋空港に　着陸に失敗して
二百六十二人の　犠牲者が出たという
なんとも　痛ましい限りである

空港まで　迎えに来て
間もなく　会えたであろう
家族を目前にして　失った人も
かず多く　いたことであろう

ある意味では　かつての
御巣鷹山の　惨事よりも

犠牲者の数は　少ないにしても
無残であると　言えなくもない

いかに諸行が　無常であると
示されても　観念的であるが
かように目前に　つきつけられては
言葉を失って　しまうではないか

多くの犠牲者に　対して
はなはだ　不謹慎ではあるが
身をもって　呈された
御恩は決して　無駄になることはない

（一九九四・四・二七）

素顔の自分が

人間は　勝手なもので
この世の　重荷をすべて
自分が背負って　いるような
錯覚に陥る　ものである

それならば　あえて言うが
恐れるもののない　社長は
あるいは　自分以外には責任を
負わない浮浪者は　どうなのか

決して　そうではあるまい
そもそも　生きているという

そのこと自体が　すでに
軽々しいことでは　ないではないか

社長も　浮浪者も
両極端ではあるけれども　ある意味では
共に酔っ払い　みたいなもので
覚めてみれば　虚ろな眼差しである

良くも悪くも　所詮はそれぞれの
役を演じているに　過ぎないのだろう
実はその役に　成りきる前に
素顔の自分が　いるのであるが

（一九九四・五・二六）

どうしようもない私

かつて　杜甫の詩に
酒債は尋常　行くところにあり
という一節を　読んで
深い感動を　受けた

しかしその　感動にも似た共感も
たび重なって　くれば
いささか　興ざめとなってくる
そして深い自己嫌悪　そのものとなる

山頭火のことを　書いた本のタイトルが
「どうしようもない私」　というのであった

生きるということの　辛さが
これでもかこれでもかと　伝わってきた

山頭火と　比べること自体が
そもそも尋常では　ないのだが
私には彼の　人生の苦しみとやるせなさが
及ばずながら　理解はできる

ただ決定的なのは　ずぼらな私の生きざまと
彼の徹底した　生きざまとの違いである
とうてい人は　そこまで正直には生きられまい
どうしようもない私　なのである

（一九九四・六・二五）

早く気づくにしくはない

異常な猛暑も　峠を越えた
しかしこれもまた　記録的な
渇水は各地に　水不足をもたらし
深刻さの　度合を増している

去年の　米の凶作といい
今年の　渇水といい
あり余る物に　取り囲まれた
今の日本人に　何か暗示的ではあるまいか

金さえあれば　何でも手に入るという
神話はいささか　危ういものだと

日本人もそろそろ　気づき始め
謙虚に自然の　ありようを考えるべきだろう

確かに便利で　豊かであることに
異存はないが　だからといって
神の思し召しによって　生かされているのに
人間だけが　ただひとり好き勝手

これはどう　言い訳をしようが
受け入れられまい　地球の住人は
人間だけでは　ないのだから
真理はひとつ　早く気づくにしくはない

（一九九四・九・一一）

泣いて笑って

人生の　行く手には
いろんなことが　あるのだろう
たかだかの来し方の　理不尽にも
いささか意味が　あるのであろう

今が苦しい　からといって
今がどうしようも　ないからといって
それがどうしたと　いうのだ
どうしようも　ないではないか

あるスパンで　区切らずに
人生を見渡せば　可もなく不可もなく

営まれていくと　神や仏は示されている
それよりも　なによりも

そんなスパンなど　そもそも
無意味なことだと　私も思う
そうではあるが　そのスパンの繰り返しが
現実の世界である　というのも事実である

それを乗り越えた　ところに
悟りの世界が　あるのであろう
だが所詮　人は凡夫の極みである
泣いて笑って　また泣くしかないか

（一九九四・九・二五）

こころもとない

女房と　子どもは
外に散歩に　出かけて
ひとり机に　向かって
ワープロの　キーをたたいている

なんの　へんてつもない
静かな　ひとときである
ときおり近所の　幼い子の
泣き声が　聞こえるだけである

こういう　無為な時間も
あながち　無駄ではないだろう

仏さまは　己をととのえよと
繰り返し　諭されている

もともと　人間には
仏性が宿されて　いるのであるから
そのもう一人の　自分に気づきなさい
とも繰り返し　説かれている

もう一人の自分と　たまには
会話をすることも　ないではないが
肝心なときには　いつも一人ぽっちだ
こころもとない　限りである

（一九九四・一〇・一）

豊かに生きなくては

あの暑かっただけの　夏も去り
今はもう朝夕には　冷気が漂う
音もなく季節は　秋を告げている
いささかも惑うことなく　自然は移ろう

人はいつから　自然のリズムを
見失ってしまった　のだろうか
ただうろうろ　おろおろと
うろたえるだけの　愚か者になり下がった

人間以外の　生き物だけが
自然のリズムに　寄り添って

何の無理もなく　無駄もなく
自由に生きて　いるのではないか

人間の知能は　そんな不自然な
苦悩を負うために　神が与えたもうた
ものであるはずが　ないではないか
どこか何かが　間違っているのだ

人間もそもそもは　自然と共に
生きる生き物　だったのだ
だからその知能は　自然に包まれて
豊かに生きなくては　ならないのではあるまいか

（一九九四・一〇・一六）

見えるはずがない

十一月十日の　大安で
七五三の　行事をした
千里山の写真館で　記念撮影をし
山田のいざなぎ神社で　祈祷をした

息子は　紋付きに袴姿
女房は美容院に行って　和服姿
私はといえば　いつもの仕事着で
いささか　影が薄い

だがそれも　そうだろう
今日という　晴れがましい日があるのは

息子と女房が　その主役であって
父親の出る幕などは　無用に等しい

日本の社会は　神代の昔から
このように　母系中心であったのだ
なにも今に始まった　ことではない
だからこれで　よろしい

神主さんの　祝詞を聞きながら
神はいるのであろうなと　自然に思った
どこにいるのかと　正面の社殿を見渡したが
むろんこの目に　見えるはずがない

（一九九四・一一・一〇）

確かなものなのだ

最近新聞紙上で　毎日のように
中学生の自殺の　ニュースが
報じられているが　その原因は
学校でのいじめ　であるという

あたかも責任は　学校および教師に
あるというのが　主流であるようだが
それは当たるまいと　私は思う
たまたま出くわした　他人に過ぎないではないか

子どもは命を断って　清算したのだが
そのことの方が　はるかに不条理ではないか

親というものは　我が子に対して
無限の愛を　惜しまない者である

悲しいほどの　愛の温もりを
宝にも勝る　子どもの存在そのものを
親たちはいかに　伝えているのだろうか
明日では　手遅れなのである

命の尊さは　はかり知れないものだし
ひとりの人間の　所有物でもない
宇宙の根源に　源を発する
命とはそういう　確かなものなのだ

（一九九五・一・七）

生きるということだろう

十七日未明に　発生した
阪神淡路大震災は　すでに
五千人以上の　死者を出している
私たちも紙一重の差で　同じくその揺れの中にいた

思わず子どもの上に　覆いかぶさって
その場をやり過ごして　事なきを得た
神戸や西宮の　惨状を目の当たりにして
落ち込んでしまい　言葉を失ってしまった

住居の倒壊は　言うまでもなく
あの鉄筋のビルでさえ　震え傾いていた

斜めに傾いて　踏ん張っている家を見て
よく主人を守ってくれたなと　思わずつぶやいた

このような無残な　現実は
運不運の問題では　済まされない
生きているという　そのこと自体が
そもそも覚悟のいる　ことではあるまいか

諸行無常　無常迅速が
この世の掟であるが　かくも如実に
指し示されては　人は謙虚にならざるを得ない
それが真に　生きるということだろう

（一九九五・一・二七）

勝てないなと悟った

あれは息子が　三才のときだったと
思うが今も　鮮明に思い出す
風邪の熱のせいで　引きつけが始まって
急に「お父さん！」と　女房に呼ばれた

何ごとかと　隣の部屋をのぞいてみると
顔色はなく　唇は紫色にピクピクと
引きつけていた　息子はこのまま死んで
しまうのではないかと　直感的に思った

とっさに救急車を　呼ぼうと思ったが
マイカーの方が　早いに決まっている

女房は息子を　毛布にくるんで
千里救急病院に着いて　処置を受けた

タバコの吸える　場所に移動し
タバコを吸いながら　彼の激しい泣き声を聞いて
ああ息子は　生き返ったのだと
そう自然に思えて　安堵した

病室に戻ってみると　息子は点滴を受けていた
女房はその小さな　手をさすりながら
「ごめんね」　と言って泣いていた
私はしょせん母親には　勝てないなと悟った

（一九九五・三・一八）

不思議な思いの中にいる

雨の切れ間を　ぬって
摂津峡に出かけ　釣り堀で
釣り糸を　垂らしながら
家族で半日を　遊んだ

着いてすぐ　公園のトイレで
息子と連れションを　しながら
上と下から　視線が合って
男同士の　無言の会話をした

彼の体重も　やがて
二十キロに　なるという

軽やかな驚きにも　似た感慨に
誕生からの来し方に　思いが馳せる

そういえば　来年の今頃は
一年生に　なっているのである
過ぎ去った　五年余の来し方も
未だ来らぬ　来年のはなしも

それこそ　そのいずれもが
夢だったのか　現なのか
今の私には俄には　判然とはしない
そのような　不思議な思いの中にいる

（一九九五・五・三）

もっと彼方の旅へといざなう

オウム真理教の　麻原教祖が
警察に逮捕されて　地下鉄サリン事件を
はじめとする　一連の事件が
ほぼ立証されそうだ　ということである

彼自身は　仏教の教えで
人々を救おうという　素朴な思いで
この教団を　組織したのだと
私は素直に　そう信じたい

だが本来　人々を救いに導くはずの
宗教がなぜ　このような狂気の集団に

変貌していった　のであろうか
まさに組織の　恐ろしさそのものだ

頂点に立つ　リーダーの
浅はかな魔性への　転落というほかはない
本来人の心とは　移ろい漂いながら
不確かな仏性を　求めてやまない旅ではないか

そんないじましい　悲しい旅人を
組織や薬物の力で　ねじ伏せ財産を奪い
あげくの果てに　いずこに導こうとするのか
仏の微笑と眼差しは　もっと彼方の旅へといざなう

（一九九五・六・三）

Ⅳ

四天王寺まいり

（一九九五年六月一八日～一九九六年一二月二三日）

一本の道があるのではないか

京都の清水寺の　貫主であられた
大西良慶さんの　書かれた
「ゆっくりしいや」という本を
今日ふたたび　読み返した

サブタイトルは　百年の人生を語る
となっていて　明治大正昭和の
三代にわたる　百年の仏教人生である
人は味わい深い人生を　送らねばと思う次第である

今世紀の人類は　便利や利益ばかり考えて
機械に負けてしまいよった　今の日本はその見本やという

人間という字は　人の間と書く
親と子の間夫婦の間　みんな間柄がある
　間のないのは間抜け　間が違うたら間違いやという
人は何のために　一生懸命働いているのか
まさか間抜けや間違いの　人生を送るために
朝から晩まで　働いているのではあるまい
　もっと足元を見つめて　心ゆたかに生きなくては
人の道を誤るのでは　ないだろうか
人生にノルマや　目標は本来はない
もっと確かで疑いのない　一本の道があるのではないか

（一九九五・六・一八）

山川草木悉皆成仏

仏教の言葉に　山川草木悉皆成仏
というのがある　確かに仏教は
二千四百年の昔に　釈迦が説かれた
教えであるが　現在の科学と矛盾しない

そこに悟りの　不思議さを
思わずには　いられない
山や川は　生き物ではないが
物質の元となる　元素は物質も生物も同じである

草や木は　動物と同じようにＤＮＡで
太古の昔より　生き続けてきたし

人間もまた　しかりである
もっと言えば　太陽も地球もまたしかりである

つまりこの宇宙の　いかなるものも
すべてが成仏している　仏であるという
そういう宇宙の　壮大なシステムを
山川草木悉皆成仏　と一言で仏教はその法を説く

それはまさに　悟りというべきであろう
そういうあるがままの　永遠の生命というか
真理の中で　生かされている人間は
なにを愚かにも　うろたえるのであろうか

（一九九五・七・八）

これが人生なんだよなあ

帰省の最終日に　弟の家族と母親と
阿蘇の白川の滝へ　行ってきた
らくだ山で放し飼いの　地鶏の炭火焼きを
汗をかきかき　堪能した

夕方別府港まで　見送ってもらい
車の中でフェリーの　乗船を待っていると
息子がにわかに「かなしい」
と言って　泣き出した

女房が　一年生になる
来年まで会えないんだよ　と言うと

更に涙の粒が　大きくなった
幼い息子にとって　一時的な感情に過ぎない

私はこの歳になって　まさか泣くわけには
いかないが　七十六歳で一人暮しの
老い先短い母との　別れに
また来年会えるであろう　弟一家との別れに

やはり胸につまる　ものがある
私はただ黙って　息子に
そうだよなあ　悲しいよなあ
これが人生なんだよなあ　とつぶやいた

（一九九五・八・一九）

こざかしい人間の

人生はトータルであると　近ごろはそう思う
会社での出世ではいささか　遅れもとっている
酒を飲み過ぎると　記憶がなくなるという
病気もこの歳になっても　未だに治らない

まさに自己嫌悪の　人生そのものである
確かに人は　弱いものである
そうではあるけれども　人は懸命に
けなげに今日も　生きている

何ものにも代えがたい　愛しい自分を
生きているのであるが　それだけでは耐えられまい

そこにはかけがいのない　子どもの存在があり
空気みたいな　女房の存在がある

　また遠く離れて一人住む　老いた母親も
弟や妹の家族もまた　私にはかけがえのない
私の一部分なのである　それゆえに
明日も私の人生を　生きて行ける

　それが人間の幸せと　いうものであろう
そもそも世の中で　何が善くて
何が悪いなどと　いうようなことは
こざかしい人間の　知るところではない

（一九九五・一〇・一六）

私という人間は

息子の体調が　悪かったので
外出をひかえて　一日ワープロをしていた
先週彼と大原の　寂光院と三千院を
散策してきたが　紅葉は今年も遅かった

今日あたりが　見ごろであろうが
それはそれで　仕方があるまい
なにごとも　あるがままであると
神や仏は　説かれている

今の日本人の生き方は　尋常ではない
大雨の濁流に　身も心も流されている

すべてが効率優先の　社会であって
本来の人間のあるべき姿は　視界の外にしかない

この不景気の　真っただ中で
潰れる会社もあまた　あるなかで
前年をクリアしながらも　予算の未達に苦しむ
などというありさまは　まったく笑えない光景だ

まあそんなことは　どうでもよろしい
たしかに人間は　社会的な生き物ではある
だがその社会の中に　埋没してしまったら
私という人間は　どこにいるのであろうか

（一九九五・一一・一九）

過分であったと

あと一週間で　新年を迎えるが
来年の干支は　子年で
私の四回目の　生まれ年に当たる
今さらながらに　愕然とする

いうまでもなく　はっきりと
定年が視界の中に　見えてくる
もうそんな歳に　なったのかと
過ぎ去った歳月が　感慨ぶかい

歌の文句では　ないけれども
思えば遠くへ　来たもんだと

時間的にも　空間的にも
しみじみと　身にしみる

誉められるべき　ことなど何もなく
恥多き来し方だったと　気は滅入るが
愛しい自分に　よくやってきたなと
ひそかに賛歌も　送ってやりたい

父と母に　そして妹弟に
人生を共にする　妻や子どもに
さらなる感謝の意を　表したい
今までの私の人生は　過分であったと

（一九九五・一二・二五）

四天王寺まいり

久しぶりに　息子と二人で
電車に乗って四天王寺へ　出かけた
私は昭和の仏師　朋琳宋琳父子の彫った
南門の仁王像を　見たかったのである

天王寺駅まで　歩いて行って
二人で焼肉を　食べた
「おうちでたべるより　おいしいね」と
彼は無造作に言うが　私はにわかに答えに窮す

レジでの五千円余の　会計は
幼い息子との　昼食代にしては

いささか贅沢な　ものであるだろうが
私の流儀であるから　高すぎるということはない

最近はめっきり　子どもと
出かけることが　少なくなった
それは彼の　成長にともなって
彼の世界を作っているからに　他ならない

そんなこともあって　久びさの彼との
四天王寺まいりが　私はなぜか嬉しかった
母の長寿を願い　息子の小学校の
入学と無事な成長を　お願いした

（一九九六・三・三）

どこか屈託のない明るさが

私の記憶では　小学校の一年生までは
馬の蹄鉄をうつ　親父の仕事場兼用の
貧しい家に住んでいた　なぜ覚えているかというと
担任の先生の　家庭訪問の記憶があるからだ

家の前には　梅檀の大きな木があった
国道十号線に面していて　小さな溝に粗末な
橋がかかっていた　道を挟んだ前の家は豆腐屋さんで
私の家はすでにないが　豆腐屋さんは今もある

家には鶏を数羽飼っていたし　豚も一頭いた
親に叱られたり　悲しかったりしたときには

その小屋の前で　豚に語りかけたものだった
彼は私の話を　親身に聞いてくれた

やがて近くの新築の　町営住宅のくじに当たり
そこに越していった　家賃は八百円だった
まともな荷物などなく　親父がお膳をかついで
歩いて行く姿が　なぜかやけに逞しかった

その新しい町営住宅にも　風呂はなく
知り合いの家に　もらい湯に行く家族であった
それは貧しさの故だが　そんな光景にも
どこか屈託のない明るさが　あったような気がする

（一九九六・三・一七）

八十と五十を間近にした

息子が小学校に　入学するというので
退院して間もない母親が　九州から出てきた
激しい雨だったので　大阪空港のレストランで
小やみになるのを　待ちながらしばし休憩をした

病みあがりのせいか　目の前の母は痛く老いた
隣の席の息子は　若葉のようなみずみずしさだ
私はこの当たり前な　コントラストに
仏さまの説く諸行無常が　痛く身につまされた

私は一瞬いたたまれない　気がしたが
これが生きていくと　いうことだろうと

自然に納得せざるを　得なかった
外の雨はいっこうに　やむ気配はなかった

　願わくばこのまま　時間よ止まってくれと
祈りたかった　これ以上母を痛めないでくれ
そうは思ったところで　せんないことだ
それはこの世の中の　定めであるから

　いつまでいるのか　まだ聞いてもいないが
子どもの入学式が終わると　そうそうに帰って行くことだろう
私は母との残り少ない　時間を大切にしたいと思った
八十と五十を間近にした　母への子の想いであった

（一九九六・三・三一）

その逆に餓鬼の世界だと

今まさに桜の花が　満開である
今朝も出勤の　途中で
満開の桜の花に　出くわすと
思わず「オオ」と　叫んで立ち止まりそうになった

毎年思うことだが　何とも桜の花の存在は
不思議な情緒を　与えるものだ
なぜか晴れ晴れとした　幸せな思いが
こみ上げてきて　深い安堵の気分にひたる

砂漠の国もあれば　氷の国もある
そのことを思えば　我々はなんと

幸せな国に生かされて　いることだろうと
自然に感謝の気持ちが　湧いてくる

さらに四季おりおりの　へめぐりを
重ねて思えば　この日本の自然の
ありようはまさに　極楽の世界であるかも
知れないとさえ　思いもする

ただチマチマとした　くだらない
競争や効率優先が　是であるという
愚かな社会通念が　まかり通っている間は
その逆に餓鬼の世界だと　言えなくもない

（一九九六・四・九）

良くも悪くもあるがままなのだ

ワープロを　打っていると
弟から電話が　かかってきた
この十八日に胃の　手術をするというのだ
それも胃がんで　四分の三を切るというのだ

一瞬私は　動転してしまった
受話器の向こうに　弟の声を聞きながら
悔し涙が　滲んできた
私の愛する弟を　がんの病魔が襲ったのだ

彼の妻も動揺していて　電話に出られなかった
それはそうだろうと　私は電話を切った

恐縮ですが
切手を貼っ
てお出しく
ださい

112-0004

東京都文京区
後楽2−23−12

(株) 文芸社

ご愛読者カード係行

書　名				
お買上 書店名	都道 府県　　市区 郡　　書店			
ふりがな お名前			明治 大正 昭和　年生　歳	
ふりがな ご住所	□□□-□□□□			性別 男・女
お電話 番　号	（ブックサービスの際、必要）	ご職業		

お買い求めの動機

1. 書店店頭で見て　2. 当社の目録を見て　3. 人にすすめられて
4. 新聞広告、雑誌記事、書評を見て（新聞、雑誌名　）

上の質問に 1. と答えられた方の直接的な動機

1. タイトルにひかれた　2. 著者　3. 目次　4. カバーデザイン　5. 帯　6. その他

ご講読新聞　　新聞	ご講読雑誌

文芸社の本をお買い求めいただきありがとうございます。
この愛読者カードは今後の小社出版の企画およびイベント等の資料として役立たせていただきます。

本書についてのご意見、ご感想をお聞かせ下さい。

① 内容について

② カバー、タイトル、編集について

今後、出版する上でとりあげてほしいテーマを挙げて下さい。

最近読んでおもしろかった本をお聞かせ下さい。

お客様の研究成果やお考えを出版してみたいというお気持ちはありますか。

ある　　ない　　内容・テーマ（　　　　　　　　　　　　　　）

「ある」場合、弊社の担当者から出版のご案内が必要ですか。

希望する　　希望しない

ご協力ありがとうございました。

〈ブックサービスのご案内〉

当社では、書籍の直接販売を料金着払いの宅急便サービスにて承っております。ご購入希望がございましたら下の欄に書名と冊数をお書きの上ご返送下さい。（送料１回380円）

ご注文書名	冊数	ご注文書名	冊数
	冊		冊
	冊		冊

がんだからといって　何も死ぬと決まった
わけでは無論ないが　涙が流れた

　母の家系に　がんが多かった
爺ちゃんも　婆ちゃんも
伯母さんも　叔父さんもがんで死んだ
その血筋を一人で　弟が背負ったのかと無念だった

　弟に私の心情を吐露した　手紙を書いた
いささか支離滅裂な　内容だったなと今は思う
だがあれから三日が経ち　私も弟も落ち着いてきた
今夜も電話で彼と話をした　良くも悪くもあるがままなのだ

（一九九六・六・四）

神の固い意思表示では

　生駒山の麓の　東大阪にある
病封じで有名な　石切神社へ詣でてきた
正式には石切劔箭神社　というのであるそうだ
劔（つるぎ）や箭（や）で　石を切った由来だそうだ

　むろん私は弟の　病の平癒を願って
祈祷をお願いしに　行ったのだ
折しも梅雨入宣言が　なされており
降ったり止んだりの　湿っぽい一日であった

　祈祷所の待合い室では　大勢の老若男女が
いささか思い詰めた表情をして　祈祷の始まるのを

待っていた　当たり前なことではあるが
病はなにも我が家の　専売特許ではないのだ

私が弟の代理人で　息子がT君の代理人で
神主さんのお祓いを　それぞれ受けた
なにも科学万能の世の中で　と言うなかれ
そこに居合わせた人達は　みんな真剣に祈っていた

これはまったく　私の想像に過ぎないが
石切神社の石切とは　医師切り
つまり医師が匙を投げた　病人をも見捨てない
神の固い意思表示では　ないかと思った

（一九九六・六・八）

すべては許される

幼い息子と　しょうもないことで
つい口げんかを　してしまう
息子は涙を流しながら　私に抗議する
私だってそう簡単には　説はかえられない

たしかにその場では　息子の勝ち目は
ほとんどあり得ないだろう　だがその後で
深く傷つくのは　決まって親のこの私である
なんと愚かなことだろうと　いつも思う

息子は半時もたてば　もう何もなかったような
風情であるがこの私は　そう簡単には立ち直れない

そんな虚々実々な　平凡な日暮しが
親と子の生きざま　もっといえば人生なのだろう

今度の弟の病を通して　死というものを
人生の問題として　正面から見据えざるを得なかった
誰一人として　避けて通れない死を
自分自身の課題として　真剣に考えた

そして弟という　フィルターを通して
確信したことがあった　死というものは
恐れるべきものではない　ということだった
愛するものの眼差しの中で　すべては許される

（一九九六・七・一八）

豊かさと貧しさは裏表

中学生のとき　学校に家から連絡が入った
私の飼っている兎が　逃亡したというのだ
ようやく麦畑で奴を　見つけて家に連れもどした
当時わが家は動物たちで　にぎやかだった

鳩もいたし鶏もいた　雑種の犬の名はブルといった
彼に私の手製の　荷車を引かせて
山羊のメリーの餌の　草刈りに出かけたものだった
彼女の乳を搾るのも　朝の日課だった

なぜか彼女は　毎年男の子しか産まず
彼女一代で乳搾りは　途絶えてしまった

収穫の終わった田んぼに　杭を一本打って
彼女をそこにつなぎ　その描く円が餌場となった

夕方「メエーッ」と　私が呼びに行くと
彼女が「メエー」と　嬉しそうに答えた
最も仲良しだったのは　犬のブルだった
私が口笛を吹くと　どこからでも飛んで来た

目と目で彼とは　たしかに言葉が通じた
よく蚤がわいたので　手で農薬を体にまぶしてやると
ポロポロと落ちてきた　私の息子の世代では
こんな体験は難しかろう　豊かさと貧しさは裏表

（一九九六・七・二七）

ユーモラスに語る男だった

今日は小学校の　運動会だった
女房はいつもより　早く起きて
弁当を作っていた　私は缶ビールと
ビデオを提げて　出かけていった

昨今の運動会では　リレーをしても
一等とか二等賞とかいう　表現はないのだそうだ
当然ながらその成果に　見合う賞品もないらしい
教育の目指す平等とは　不平等の目隠しでしかない

なんという義務教育の　貧しさだろうか
私は小学校の運動会では　毎年部落リレーの選手だった

だが勉強では負けたことのない　他の部落のやつに
リレーでは六年間　勝つことができなかった

それはある意味では　私には眩しい存在だった
そんな彼らをなぜ堂々と　評価しないのであろうか
人生の価値は　多様であるのだよと
なぜ幼い彼らを　励ましてやらないのだろうか

夜のニュースで遠藤周作が　亡くなったと報じた
なぜか私と周波数の合う　作家だっただけに
ショックが大きかった　彼は人間の弱さと悲しみを
ユーモラスに語る男だった　その彼も優等生ではなかったらしい

（一九九六・九・二九）

死ぬ悲しみももっと重いものである

　宗教を背負った人の　書く文章と
医療の現場に立つ人の　書く文章には
どこか人生に対する　共通な視点を感ずる
それは優しい眼差し　とでも言おうか

　それはなぜかと　考えてみると
両者はともに　死というものに対して
いつも真摯に　向き合って生きているからだと
私には自然に　納得がいく

　それはあたかも　宇宙の法則を知る人の
眼差しでもあると　いえなくもない

この世の中に　永遠なるものは
何ひとつとして　存在しないということである

仏教の諸行無常の　哲学を引くまでもなく
この地球もあの太陽でさえも　限りある命なのである
ましてかげろうのような　人間の生命などは
あれこれの理屈の　範疇の外にしかない

そんな一瞬の生命をしか　生きられない人間が
生も知らず死も知らず　ただうろたえているだけ
というのではあまりにも　お粗末に過ぎはしないか
生きる悲しみも　死ぬ悲しみももっと重いものである

（一九九六・一〇・二三）

自嘲の笑みが

年賀状を　ワープロでうちながら
知人友人あるいは　会社の仲間など
それらの一人ひとりの　顔を思い出しながら
自らの来し方に　思いを馳せる

ここ数日　会社を辞めることを
具体的な問題が　ないにもかかわらず
イメージしている　自分がいる
それはとりとめもない　というよりは鮮明にである

ひとつには　老いた母の行く末があり
今さら思うことさえ　馬鹿ばかしいことであるが

会社人間として　適性を欠く
私の生きざま　そのものでもある

傷つきやすい心とは　私自身の
プライドのせいなのか　あるいは組織の
息苦しさなのか　それとも不条理の
なせるわざなのだろうかと　煩悶する

だが世の中は　おしなべて
かくのごとく　営まれていくものだ
今さらなにを　思い煩うのかと
自嘲の笑みが　漏れてもくる

（一九九六・一二・二二）

V

笑止である

（一九九七年一月一六日〜一九九七年一一月八日）

まだ晴れぬままだが

ここひと月ほど　悶々とした日々を過ごした
それをわらっていえば　中年の悲哀とでもいおうか
一人暮らしの母のこと　仕事のこと
また半年前に　がんの手術をした弟のこと

この歳になれば　誰でも通りかかる
峠みちなのだが　自分の問題として考えた
当然のことながら　弟も母のことを考えている
晩酌をしながら　弟に電話をした

受話器の向こうで　弟が言う
田舎に帰ってきても　仕事はないで

お前はおふくろに　いままでも尽くしているんやから
それ以上はしなくていい　おふくろも喜ばんで

私はストンと　荷が下りたような気がした
なにを力んでいたのだろう　しょせん私は
自分のことや家族のことで　精一杯なのだ
ある意味ではこっけいな　奢りのような気さえした

そうだな　なるようにしかならんな
未だ来らぬ明日を　思い煩うでないと
仏さまも言うている　と納得せざるをえなかった
たれこめた雲は　まだ晴れぬままだが

（一九九七・一・一六）

旅人なのか

移ろい漂う　愚かな心であるけれど
心そのものが　悪いわけではないという
心の中の毒素　つまり妄執こそが
そのすべての　原因であるという

それは私にも　理解できる
心は宇宙の法則も　知ることができる
私という愚かな　さまよえる人も認識できる
遺伝子という　見えない世界も知っている

だがなぜ　宇宙の申し子のような
自由自在な心が　かくもうろたえるのか

妄執などは百害あって　一利なしだから
仏さまは　離れなさいと言う

はじめに諦めありきでは　救いはないが
神はなぜそのように　人を創ったのであろうか
この世の中は　すべて相対的であるのだよ
という法則も　私は学んでいる

私のつまらぬ　悩みや苦しみなどは
それこそ宇宙の法則　そのものであるのだろう
真の悟りとは　それを超えたところにあるのだろう
人は永遠にさまよう　旅人なのか

（一九九七・二・二）

笑止である

山頭火の生きざまを　読んだときも
人はそんなに　馬鹿正直に生きられる
ものではあるまい　狂気だとさえ思いながら
ひそかな共感を　覚えたものだった

良寛を読んだとき　山頭火のことを
すぐに思いうかべた　良寛の生きざまは
彼ほどまっすぐでは　ないにしても
世を渡るその不器用さは　同質のものである

捨てて捨てて　捨て去り
肉親を離れ　世を離れ

乞食僧として　浮世をただよう
現在只今しかない　生きざま

その悟りの境地は　空の世界であるのだろう
叢林に住む高僧の　悟境の空であれば
まだ私の理解のうちにある　と言えなくもない
人間の精神はそんな　無防備な世界に耐え得るのか

だからこそ　悟りの世界なのだろう
ひるがえって　今の世相はといえば
拾って拾って　しがみついて
これが豊かな社会とは　笑止である

（一九九七・二・一一）

さすがにその夜

昨日はひどい落ち込みの　一日だった
これは生まれて　初めてのことで
まさに呆然自失　明らかにいつもの
自分と違う病的な自分を　自覚してうろたえた

素人判断でも　これは鬱病だと自覚できた
俺はもう会社に　行きたくない
俺はもう駄目に　なるのかもしれない
そういう思いにかられて　愕然とした

躁と鬱の時期を　周期的に繰り返すのは
程度の差こそあれ　だれでもそうであるのだと

気にかけてさえ　いなかったからである
だが昨日のそれは　明らかに病的であった

子どもと女房の顔が　浮かんで泣きたくなった
来年は念願の九州への　転勤の可能性もある
だがそれまで俺は　もつのだろうか
それが実現した後も　果たしてもつのだろうか

私のような心根の　企業戦士は
もう限界なのでは　ないかと追い詰められた
自分はそんなに　弱い人間ではないとも思った
さすがにその夜　女房にことの一部を話しておいた

（一九九七・四・三）

もう一度この原点に

紀野一義の「大悲風の如く」を
ワープロでうっていて　小さな悟りをいただいた
仏教の説くところでは　山川草木悉皆成仏という
だがなぜ人間は　努力をしても悟りを開けないのか

この問いが私の　年来の疑問であった
人間は生まれたことが　救いであって
生まれたことが　悟りであるというのだ
仏に生かされているという　自覚が悟りであるというのだ

人間は人生の垢にまみれ　知性の眼鏡に曇らされて
なにも見ていないし　なにも見えてもいないというのだ

なぜ人間だけが　自然の生き物なのに成仏していないのか
いかにも不自然であり　納得がいかなかった

私はハッと目が　覚めたような気がした
人間は生まれたときに　すでに救われており
悟っており　成仏しているというのだ
これなら分かる　これなら納得がいく

文明だか技術だか　知らないが
こざかしい知恵が　人間の目をくらまし
ただおろおろと　うろたえているこっけいな図である
もう一度この原点に　気づけばいいことなのだ

（一九九七・四・五）

本心なのかと

最近私は　疑っていることがある
それは他ならぬ　自分自身のことである
それ故にことは　深刻でありもするし
いわば精神分裂の　様相をも呈している

老いてひとり　田舎に住む母のことが
この頃しきりに　気がかりである
足腰も弱り　耳も遠くなり
片方の目は　見えなくなったという

私はといえば　女房子どもと
まことに平凡な　日暮しである

戦後の日本の社会の　実像はといえば
分裂した家族の　虚ろな姿である

この年になっては　企業戦士としては
なじまない自分の姿が　浮き彫りにみえる
煩わしい人間関係も　もういいや
田舎に帰って　釈迦の教えを実践するか

あと数年かもしれない　母の残された
時間の重さを考えるとき　私の心は揺れる
母と田舎で暮らすことが　本心なのか
会社を辞めたいことが　本心なのかと

（一九九七・五・二四）

古くて新しい人間の

「動物は子どもを　こんなに可愛がる」
中川志郎の書いた　この本を読んで
私が以前から怪しいと　疑っていたことが
次々と明らかに　なっていった

分裂した家族の　不自然さ
技術や効率優先の　社会への疑い
登校拒否やいじめの　教育の問題
親が子を殺し　子が親を殺す異常さ

女どもが男女の　平等を無意味に
いいつのるトーンの　高さと醜悪さ

そのどの一つひとつを　とってみても
生物の歴史として　書かれたＤＮＡの記憶にはない

それはむしろ　当たり前であって
人間はヒトである前に　哺乳類なのである
もっといえば母の胎内で　繰り返した歴史は
魚類であり両生類であり　爬虫類ではなかったか

つまりその根を　忘れては意味がない
母性が子を育むという　哺乳類の確かな事実と
親が子を愛し　子が親を想うというＤＮＡの記憶は
古くて新しい人間の　根本原理なのである

（一九九七・五・二九）

過去の記憶にはないのだ

私の住んでいる　マンションの前にある
いきつけの床屋で　散髪をしていると
突然女の悲鳴とも　叫びともつかない声がして
しばらくは止む　気配がなかった

客の私も店のマスターも　浮足立った
このマンションに住む　二人の幼い子連れの
若い母親が精神に　異常をきたしており
ときおり発作的に　喚きだすというのだ

九階の窓から　飛び降りるのではないかと
マスターがしきりに　気にかけていた

私は床屋の椅子に　仰臥したまま
哀しい思いがして　胸がふさがった

幼い子どもたちの　恐怖におののいた
顔が自然に想像できたし　彼女の亭主の胸中も
思いやられて　いっそう胸が重くなり
非人間的な都市の暮らしの　矛盾がかいま見えた

隣は何をする人ぞ　という大らかさも悪くはない
だがそういう生き方には　哺乳類が進化した
人間としてはそもそも　無理があるのではないだろうか
底無しの不安と断絶は　過去の記憶にはないのだ

（一九九七・五・三一）

生き物の未来はない

あれだけ世間を　騒がせた
神戸の小学生　殺害事件の犯人を
昨夜逮捕したと　報道された
なんと十四歳の　中学三年生だったという

世間の反応も　極悪非道な
犯人逮捕の　安堵の気分よりも
その犯人の幼さに　むしろ唖然とした
というおもむきで　むしろ複雑な面持ちであった

義務教育も　社会のありようも
私にもいちいち　気にくわぬ

だからといって　見さかいもなく
外部に向けられる　異常な攻撃性は何なのか

あの年齢であれば　当然庇護されるべき
家庭というものは　機能しなかったのか
家族が悪いなどと　言っているのではない
人間である前に　動物としての巣はどうなったのか

人類という種は　哺乳類という
動物としてさえも　もはや後戻りできない
存亡の危機に立たされて　いるのだろうか
DNAを離れては　生き物の未来はない

（一九九七・六・二九）

ビールを取り出した

よく飽きもせずに　ビールが飲めますね
そんなにおいしいの　と女房が厭味を言う
我ながら　ほんまにそうやなあ
と納得せざるを　得ないのも事実である

ほんとに女房などと　いうものは
余計なことを　ずけずけと言うものだ
わがまま一方の　我が息子と
それにまたわをかけて　わがままなこの亭主

女房にはまったく　迷惑なことだろうが
だからこそ俺たちは　家族なのである

まったく意味不明な　論法かもしれない
だが人間はひそかに　休める場が必要である

断固として　男女は平等ではない
そう私は言っておく　お母さんは仏さまである
お釈迦さまは男なのに　なぜだろうという
疑問がないでもないが　事実はいかんともしがたい

真夏の午後の　ひとときに
ビールを飲みながら　ワープロを打ちながら
とりとめもないことを　思いながら
こっそりとまた冷蔵庫から　ビールを取り出した

（一九九七・七・六）

幻だったような気さえする

私には不思議に 思っていることがある
過去の記憶というものは 近いことほど
鮮明であるはずなので あるのだが
大学時代の友人 先生の名前が思い出せない

それにひきかえ 高校中学小学校の
友人や先生の名前は 鮮明に思い出す
ことができるのは なぜなのだろう
それがとても 不思議なのである

小学校はともかく 真の友人と言えるのは
中学高校の友達しか いないという現実がある

経済的な理由もあって　大学は小倉まで通学だった
距離的にも時間的にも　余裕がなかった

田舎で家庭教師の　アルバイトがあり
まだ蒸気機関車の走る　日豊本線で通った
だから大学生では　常識だった麻雀も
基本ルールさえも　おぼつかないままだった

なにも模範的な　学生ではなかった
奨学金をもらうような　身分でありながら
パチンコ屋に入り浸りの　学生でもあった
大学の四年間は　幻だったような気さえする

（一九九七・九・九）

悲しさは何なのだろうかと

私はつい最近まで　弟への思いは
ある意味では　異常なのではないかと
思ってさえいた　それは自分の子どもへの
思いと同質でしかも　劣るものではなかったからだ

しかし遺伝子という　レベルで考えれば
親と子も兄弟も　それぞれその遺伝子を
半分ずつ共有している　という事実があるのだ
利己的遺伝子という　立場からは両者は同じなのだ

それで私の弟への　思い込みの
意味が理解できたし　生物学的には

当たり前のことだった　のであると了解した
つまり遺伝子の　なさしめるわざだったのである

なにも人間に限らず　生物はというよりは
遺伝子というものは　永遠に生き続けるべき
使命を太古の昔より　背負って生きてきたのだ
なんという驚くべき　ことだろうかと思う

そういう目で　生き物を見てしまえば
なんと味気ないことだろうかと　気が重くなる
親が子を思い　子が親を思うという
このせつないほどの　悲しさは何なのだろうかと

（一九九七・九・一五）

情けないことだ

出勤前に転勤の話を　切り出したら
息子が泣いた　いやだいきたくない
お父さんことわれば　いいのに
そう言って　涙を流した

こころなしか　女房の声も
潤んでいるようにも　聞こえた
そうだなやっぱり　そうなのだなと
自然に納得して　息子の頭をなでた

勤めから帰って　息子に
どうだ元気になったか　と聞くと

いつものように　うんといった
それで少しは　私の肩の荷もおりた

母が喜ぶ顔を　思い浮かべる前に
息子の涙が　必要だったのだ
これが人生というものだ　当然のことながら
人生は私の一人舞台　ではないのだ

私を支える　家族があって
私という人間は　生かされている
この当たり前なことが　こんな場面で
鮮明に見えてくるとは　情けないことだ

（一九九七・一〇・一五）

父を避けるがよい

今日も女房と子どもは　難波へお出かけで
友人たちとの　最後の別れを惜しんでいる
お父さんは黙って　家でキリンビール
女どものなんとたくましい　ことだろうか

面と向かって　言ったこともないし
これからも　言うことはないだろうが
私には過ぎた女房　なのであろう
病気もせずに　愚痴も言ったことがない

私は亭主関白を　自認しているが
所詮は女房の　手の内にある

昨今は男女が平等であると　かしましいが
それに何の意味が　あるのであろうか

口角泡を飛ばして　言い合ったところで
なんの実もないではないか　古い人間と言われても
一向にかまわないが　男と女は同じではない
鍵穴の雌と雄であって　それ以外に何だというのだ

そんな風潮の中で　今の子どもたちは
何を指針に生きて行けば　いいのだろうか
お父さんとお母さんは　そもそも違うものである
お母さんに甘えて　父を避けるがよい

（一九九七・一〇・一九）

故郷に帰って

転勤後はじめて　実家へ帰った
着いた日もビールを飲んで　昼寝をして
その夜も朝まで　ぐっすりと眠った
こんなに気持ちよく　寝たのはいつのことだろう

墓参りの後　母につきあって
ごみ焼きをして　畑の草を燃やした
所用で弟の家族は　今回は帰って来なかった
従兄弟たちに会えずに　息子は寂しそうだった

今までは年に一回の　帰省であったから
私を中心にすべてが　配慮されていた

当然のことながら　みんなに家庭がある
そんな現実も今までは　見えていなかった

もっと驚いたのは　実家へ帰る途中
私の従兄弟の家に　立ち寄ったとき
叔父が父の死んだ年に　亡くなったという事実だった
葬儀に帰ったのかどうか　記憶が定かでない

子供のように　私を可愛がった
叔父だったのにと　しばし沈黙した
世間しらずの　恥ずべき人間であった
故郷に帰って　学ぶべきことばかりである

（一九九七・一一・三）

だが裏返せば女房は

もう晩秋も　近いというのに
やわらかな日差しの　暖かい一日である
転勤の挨拶状を　ワープロでうって
ビールを飲みながら　ぼんやりしている

引っ越しの荷を　解きほどいて
まだ間がないというのに　なにやら
懐かしい趣きで　澄んだ景色である
そよと吹く風も　なにやら優しい

前の公園で　幼い子どもの声がする
近くの家では　飼い犬のほえる声もする

軽やかな疲れに　身を任せながら
また缶ビールの　蓋を開けた

玄海灘に面した　この地の冬は
さぞかし寒さが　身に染むことだろう
どうか女房も息子も　この私の生まれ育った
九州の地を愛してくれと　祈るばかりだ

老いた母も弟も妹も　この地にみんな
住んでいるのだという　この自然な姿が
今のこの国では　当たり前なことではないのだ
だが裏返せば女房は　なんと思うのだろうか

（一九九七・一一・八）

Ⅵ

人生の深い哀しみを

（一九九八年一月六日〜一九九八年六月二八日）

理由などはいらん

正月二日の　その日の夕方に
弟一家が妻の実家に　移動していった
三日間遊んでもらった　従兄弟たちとの
別れが悲しいと　息子がまた泣いた

弟一家の乗った　パジェロの後を
懸命に追いかけて　彼が走って行く
うなだれて帰ってくる　彼の姿に
思わず私の胸も　熱くなってくる

そんな心根の　息子の優しさが
なぜか私には　愛おしかったのだ

一人っ子なるが故に　なおさら
私がそう思うのかも　知れないが

そういう思いを　片方で抱きながら
今夜もくだらない　テレビの番組のことで
息子を怒鳴りつけた　息子は泣きながら
白目をむいて　私をにらみつける

時間内にゲームを　クリアしたり
やたら食い物を　たくさん食べたら
百万円が貰えるという　あの下劣な番組だ
理由などはいらん　駄目だと言ったら駄目なのだ

（一九九八・一・六）

私でさえも思う

日曜日に　新規の物件の
通行量調査をして　今日は代休である
歳には勝てずに　いささか疲れた
十日ほど続いた寒さも　まるで嘘のようだ

家の前の公園の　裸になった木々の梢も
そよともせずに　春を思わせるような
うららかな一日である　ビールを飲みながら
ワープロに向かって　休日を過ごしている

昨日読んだ　山折哲雄の書いた
「地獄と浄土」で　親鸞の「教行信証」での

彼の真の迷いを知って　私はなんとなく
安堵の胸をなでおろした　というよりは安心した

教・行・信・証で　悟りを得るのは
千人に万人に一人だと　いうのである
かの親鸞さえも　その例外ではないという
彼の告白のつぶやきを　聞いたからである

そうであろう　そうでなければ
南無阿弥陀仏を　称えれば
なに人も救われるという　浄土真宗の本来の
意味がないではないかと　私でさえも思う

（一九九八・一・二七）

切なくて哀しくもある

子どもは友達の　家に出かけたので
ひとりで古賀の　薬王寺温泉の
偕楽荘で温泉に　浸かってきた
ちょっとぬるめの　お湯だった

慌ただしいと　いうこともないが
なんとなく　けじめのない日々が
続いたので少し　リズムを変えたかった
九州へ帰ってから　まだ遠出をしていない

私としては珍しい　ことである
それらしい　理由がないこともないが

そういう気分に　なれぬままに
おそらく時が流れて　いったのであろう

　私の生まれ育った　この地をもっと
知りたいという　欲求は人一倍に強い
人生の価値観は　それこそ
人さまざまで　あるだろうと私は思う

　悲しいような　子どもへの想い
母親のような　妻のこと
老いた母と　妹弟のこと
切なくて哀しくもある　人生の峠道

（一九九八・一・三一）

悲哀の趣にかたよるが

いま始まった　ことではないけれど
子どもの言葉づかいが　悪いといって女房が嘆く
むかつくばか　くそばばあ
死ねなどは　日常茶飯事である

母親なしでは　一日も立ち行かぬくせに
このありさまである　私もいささか
気にならぬでは　ないけれども
まだ大声でこれを　制したことはない

私にそのような　幼年時代があったのか
知るよしもないけれど　息子のそれは

甘えと恐れるものもない　自由な世界であるのだろう
たまには女房が　説教をしているようだが

いかにも無責任な　父親のようではあるが
何がよくて悪いのか　私の知るところではない
あるいは年のいった父親と　幼い息子の
風景であるのかも　知れないけれど

父は慈しみの　心であるという
母は悲しみの　心であるという
つまり仏教の教える　慈悲の心である
それにしては私は　悲哀の趣にかたよるが

（一九九八・三・五）

なんと対象的な

私の同窓生の　女どもは
いずれも子育ての　時期を終わっており
さあこれからは　自分の時間を大切にする時だと
高らかに恐怖の　発言をするのである

亭主と子どもに　尽くした来し方を
まくし立てられると　私ども男たちは
うなだれて　ただただうつむいて
聞き入るほかもなく　顔色ないことおびただしい

私はといえば　子育てに
みんなよりは　十余年の遅れをとっており

まだこれからであり　その会話には
いささかギャップを　感じざるを得ない

だが自分の家庭を　振り返るまでもなく
女どもの声高な発言に　ただうなずくばかりである
思えば中学卒業以来　三十五年の歳月を経て
今年は五十の声を聞く　年齢になったのだ

私の記憶にある　少女のころの残像を
彼女たちの顔に　よみがえらせながら
くたびれた男たちと　威勢のいい女どもの
なんと対象的な　コントラストであることか

（一九九八・三・一五）

私の幸せであると

弟の家の新築がなり　昨日と今日で
引っ越しである　所用で帰れなかったのが
心残りではあるが　本人は言うに及ばず
私の喜びも　また母の喜びもひとしおであろう

人生は悲喜こもごもであると　親父は言った
人の欲望はそれこそ　無限にあることだろう
そのことで私も　人後に落ちることはないが
それを仏さまは　煩悩であると諭す

それはある意味では　恥ずかしいことでもある
この峠を越えさえすれば　波静かで穏やかな

世界が広がっているで　あろうことは
私にも容易に　想像することができる

いつかそんな世界に　たどり着くことが
可能なのであろうか　とてもではないが
今の私にはそんな　境地への旅立ちは
望むべくもなく　哀しいことである

だが私は日々の　小さな幸せを
確認することが　この人生を生きていく
心の処方箋であることは　学んでいる
つまり弟の幸せは　私の幸せであると

（一九九八・三・二九）

人生の深い哀しみを

いよいよ五十の　大台に乗ってしまった
にわかには信じ難いことだが　女房と息子が
ハッピーバースデイを　歌ってくれた
一気に五本の　ロウソクを吹き消した

親父が　五十だったときの
風景を思い描いてみた　母が四十二
私が十三で　妹がひとつ違い
弟はまだ　五歳の幼児だった

当時はまだ　馬の蹄鉄をうつ仕事は
細々と続いていたような　記憶があるが

やがて廃業することは　時間の問題だったろう
親父が私と同じ歳のときの　景色である

息子はまだ　八歳であるが
曲がりなりにも　大企業のサラリーマンで
当面の生活には　格別の不安はない
その頃の親父の心境を　思いやると心が痛む

酔っ払ったときの　親父の口癖はといえば
人生は悲喜こもごもである　であった
大学生だった私は　酒飲みの親父を馬鹿にしていた
人生の深い哀しみを　語っていたというのに

（一九九八・四・一）

誰が笑うのか

身を捨ててこそ　浮かぶ瀬もあれ
という名言があるが　誰が言ったのか知らない
今ふうに解釈しても　合理的であるし
仏の説く教えとも　重なるものである

今の日本人は　もっと言えば
この私にはそんな　覚悟があるのだろうか
あれも欲しい　これも欲しいでは
いつまでたっても　幸せにたどりつけない

そのように　いつまでたっても
いっこうに捨て切れない　自分も惨めであるが

煩わしい世間の　しがらみから
解放されない自分も　また不幸である

この歳になって　うすうす気づいている
身を捨ててこそ　浮かぶ瀬もあれ
つまり　捨てれば捨てるほど
幸せになるという　この逆説である

それこそ私の　子供のころは
あれもこれも　なかったし
毎日の生活こそが　すべてであった
それが不幸であると　誰が笑うのか

（一九九八・四・一二）

家族親子友情

人生は思うようには　ならない
自然現象の森羅万象は　言うに及ばず
こざかしい欲望の塊の　人間どもの営む
世界であるのだから　ある意味では救いようがない

人生は思うようには　ならない
これが当たり前なことなのに　なぜ人間は
思いどおりにいかない　人生に苦しむのだろうか
これを愚かだと言ってしまえば　身も蓋もないか

人生は思うようには　ならない
これが世の中の　現実の姿だと

素直に認めてしまえば　俯瞰した景色が
また展開するのではないかと　密かに思う

そう認めてしまえば　所詮人生そんなものと
あきらめもつこうかと　いうものである
だからといって　苦しみから解放されるほど
人間ができていないのは　どうしようもないが

それだからこそ　当たり前ではない
人生の小さな幸せが　あるいは小さな喜びが
逆に有り難さの　光を放って輝くのではないか
家族親子友情　つまり人の心の絆ではないか

（一九九八・五・三）

待っていた

ゴールデンウイークの　最初の日に
弟一家が母を連れて　福岡へやってきた
ちょうどどんたくの　初日だったので
夕方から連れ立って　博多へでかけた

翌日は香椎花園で　過ごした
母は老いて孫たちと　終日行動を
同じくするわけには　いかないけれど
それでも共に生きる　実感はあっただろう

こんな風景が　日常茶飯事になる
わけではないけれど　年に一度の帰省とは

おのずから異なった　ゆとりがあるのは
私ひとりの思いでは　ないだろう

一週間がたって弟が　東京の出張の帰りに
連れて帰ることになり　福岡空港まで母を送った
飛行機が到着するまでの　時間をレストランで
家族と母とで食事を　しながら過ごした

なにか気のきいた　言葉でもかけるのが
礼儀というものだろうと　思わぬでもないが
私はビールを飲みながら　いつものように
ただ黙って時のたつのを　待っていた

（一九九八・五・九）

帰りぎわに五十の息子に言う

梅雨のさなかで　大雨警報の中
濃霧のたちこめた　平尾台の草原を
さまよって　妻や息子の不評を
背中に負いながら　実家に帰った

昼過ぎには　どうやら雨も上がり
弟一家と母と　いっしょに
安心院の深見温泉で　お湯に浸かり
湯布院と境目の　福貴野の滝まで行った

その帰りに　またもや
みんなの不評を　かいながらも

弟とドジョウを　買ってきた
そして昔の　料理を再現した

　ことさら語る　こととてなく
相も変わらぬ　母と子の風景である
しかしとにもかくにも　この風景のために
私は九州に　帰ってきたのである

　母の余命が　あと何年あるのかは
神のみぞ知るところである　母の振る舞いには
できるだけ自然に　対処しようと思った
帰りぎわに五十の息子に言う　体に気をつけなさいよ

（一九九八・六・一三）

神に祈るのみである

梅雨明けには　まだ一週間はかかろうか
空にかかった雨雲は　どんよりと重い
前の公園で遊ぶ　子どもたちの様子を
家から伺いながら　その輪に入るのを躊躇する息子

一人っ子で内弁慶の　優柔不断な息子である
これでは自分の姿と　二重写しではないかと
思わず苦笑いを　禁じ得ないが
親の子であることよと　納得する他はない

まるで社交性と　いうものがなく
入社以来この歳まで　セールス営業の仕事を

よく続けて来れたものだという　思いがして
おかしくもあり　また哀しくもある

同じ遺伝子を　受け継ぎ
同じ家庭で育ちながら　妹や弟とは
なんと性格の異なる　ことだろうか
まさに神が与え給うた　ものと言うしかない

そんな自分に　自己嫌悪も少なくないが
それ故にこそまた　愛おしくもある
さらに愛おしい　我が幼き息子を
どうかよく導き給えと　神に祈るのみである

（一九九八・六・二八）

Ⅶ

もの言わずに語る

（一九九八年一〇月三日～一九九九年六月五日）

もの言わずに語る

今は蝉の　声とてなく
静かに秋へと　向かう足音がする
私はといえば　多忙な昨今の
渦中に埋もれて　季節の気配すらもない

子どもは学校　女房は買い物
休日にひとりビールを　飲みながら
何をあくせく　うろたえるのかと
小さな自分が　笑止ですらもある

本末転倒　とまでは言わないが
ようやく九州に　たどり着いて

さらに会社人間を　強いられるとは
笑うに笑えない　顛末でもある

私もいささか　知らぬわけでもなく
人生こんなものよと　不平を言うつもりはない
ただ視界を広げて　見渡さなければ
今のままでは　埋没してしまう

前の公園の木立は　サラサラと葉音をたて
吹く風に身を任せ　心地良さそうに見える
世の中は　あるがままなのですよ
もの言わずに語る　自然の理である

（一九九八・一〇・三）

よく分からないのだが

一度風邪を　ひいてしまえば
二カ月は治らない　体質になってしまった
市販の薬を飲んでも　一向に効かない
ビールと一緒に　飲むのでは仕方がないか

咳き込んで　苦しそうにしていると
女房が軽蔑して　私を見下ろして言う
タバコをやめない　からですよ
まったく正論には　かなわないのだ

息子も悪い友だちの　家庭に感化されて
タバコはやめて臭い　という

ふざけるな　ここは俺の家だ
お前の指図は受けない　そういって一蹴する

まったく　どいつもこいつも
かくのごとしで　父親の立場はよろしくない
最近は子どもの　口のききようが悪くて
女房がもてあまし気味で　説教をしている

私の信条からいえば　実は由々しき問題で
あるはずなのだが　なぜか今は静観している
無責任のそしりは　免れえないが
その理由が自分では　よく分からないのだが

（一九九八・一一・一四）

理不尽で

どうも近頃は　去来する
思いは仕事の　ことばかりで
まったく無味乾燥　というか
いささかうんざり　している

それだけ　心に余裕がない
証拠であり　現実でもある
言うまでもなく　よりよく生きる
ということは　別の視点が必要である

知らぬ間に　夏が過ぎ
紅葉の季節も　彼方に去った

今さらうろたえても　始まらないが
人生の物語の　筋書きはそうではない

もっと季節に　そして家族に
寄り添って　自然に生きるのが
疑いのない　道理であることは
また今さら言うべき　ことではあるまい

あくせくと　仕事中心に
生きざるを得ない　この社会の
このありようは　どう考えても
理不尽で　尋常ではない

（一九九八・一二・一四）

哀しい思いを

近ごろは　哀しいような
子どもへの　あの思いが
途絶えてから　久しいが
息子もすでに　九歳になった

むしろ今は　減らず口を
たたくばかりで　可愛げのないこと
おびただしく　ただ見守るだけで
空しくもあり　おかしくもある

ふと見た　横顔に
無邪気な　寝顔のなかに

幼かったころ　そのままの
くちびるの形を見て　笑いをもよおす

杯を交わす日が　来るのだろうが
私がそうであったように　父と子は
反目し合うように　すでに
遺伝子に　組み込まれている

父の思いが　分かるように
なったのは　亡くなってから
久しく時を経て　息子への
哀しい思いを　知ってからである

（一九九八・一二・一九）

古いものを葬り去る

加地伸行の「家族の思想」を読んで
私の価値観というか　生き方は
なんと儒教的　なのだろうかと
改めて納得せざるを　得なかった

家族を第一とする　生き方
親子の絶ち難い　哀しい想い
我が子と遜色のない　弟への想い
そして命の連続による　死からの解放

私は西欧かぶれの　風潮を
無意識のうちにも　疑っていた

それは個人主義　であり
契約社会であり　現実主義でもある

彼は書物の中で　偶然にも
というのであるが　ドーキンスの
利己的遺伝子の　学説と
儒教の生命観は　重なるものがあると

最新の物理学が　仏教の教義と
矛盾しないのと　なぜか似ている
現代人の奢りの　露呈ではないだろうか
古いものを葬り去る　風潮には危ういものがある

（一九九九・一・一一）

このテーマを

女房と子どもは　買い物に出かけ
私は一人で　ワープロを打っている
ほとんど買い物にも　付き合わない
変な亭主かなと　時々思わないでもない

曰く　嫁さんに見放されて
いるんだよという　説もある
なるほど　うまいことを言うなと
半ばあきれ　感心もする

去年はなにかと　慌ただしくて
ただ流される　ままだったなという

思いがするが　今年も下手をすれば
同じ轍を踏む　可能性が大である

　言うまでもないが　もっと主体的に
生きなければという　思いが強い
九州に帰って　来たことの意味
家族のこと　老いた母のことなど

　今さら気張ることも　ないけれど
よりよく生きるとは　どういうことか
明日のことさえ　分からないが
このテーマを　追求したい

（一九九九・一・一七）

哀しい性を

昨日は女房の　誕生日だったのだ
うっかり忘れたのなら　罪も軽いが
すっかり忘れて　しまっていた
手帳に記しては　いたのだが

家に帰ると　息子と女房の
いつもとは違う　視線を感じて
はたと気がついたが　後の祭りだ
二対一では　とてもかなわない

この失策は　今に始まったことでは
ないのだがやはり　ばつが悪いものだ

今日は早目に　事務所を出て
博多駅の風月で　ケーキを買った

そしらぬ顔で　息子に手渡しながら
ええっ　今日じゃなかったのかい
そうとぼけてみても　芸になっていない
それでも父親の　威厳を保たねばならぬ

団塊の世代は　いつまでたっても
好むと好まざるとに　かかわらず
会社人間からは　脱皮できない
哀しい性を　背負っているのだ

（一九九九・一一・二〇）

私の心の故里は

勤めから帰ると　女房が葉書を
差し出して　尋常な雰囲気ではない
田舎の親友からで　所どころ文字が震えていた
心筋梗塞でほとんど　死にかけたというのである

救急車で　運び込まれて
緊急手術で　九死に一生をえたという
慌てて彼の奥さんに　電話をして
真相を尋ねて　安堵の胸を撫でおろした

酒を一緒に　飲んでは
というのは嘘で　コーラしか飲まない

変な奴なのだが　いつも酒場で
「高校三年生」を　肩を組んで歌っていた

弟のガンの手術以来　私の周りでは
火事で家を失ったやつ　胸の手術をしたやつ
そして心筋梗塞で　死にかかったやつと
みんな身近な　親友の不幸ばかりである

言葉を失って　しまうのだが
それでも私は　失望はしない
弟は別にしても　世の中に彼らの他には
私の心の故里は　どこにもないからである

（一九九九・二・一一）

物言わぬ

仕事が　一区切りついて
久しぶりの　休日である
からだが　芯から重く
何もやる気が　起こらない

今年は　連休もなく
今日はその最後の　子供の日である
息子に釣りに　行こうと
誘われたが　それも断った

九州に　戻ってから
ちょうど　一年半になる

良くも悪くも　多忙であり
過分であったと　いうほかはない

世の中に　不平不満の
種は尽きない　けれども
荷を下ろせ　心を広げよ
そう繰り返し　学んでいる

公園の若葉は　微風に
身を任せて　心地よさそうに
私の目には　写る
物言わぬ　自然の理である

（一九九九・五・五）

業であろうか

小泉八雲の　著した
「光は東方より」を　読んで
驚いたことだが　英国育ちの
彼の仏教への　深い思いである

私は基本的には　外国人の
書いた本は　心の琴線に触れるものが
異なると思うが故に　積極的には
読まないことに　しているのだが

日本人の　妻を娶り
日本に帰化した　人物であるから

不自然なことでは　ないかも知れない
それでも私の常識に　反するものである

別府の船釣りを　キャンセルして
今日も一歩も　外に出ることもなく
一日ビールを　飲みながら
読書とワープロで　過ごした

人は日々　思い煩うものであるが
学んでも学んでも　超えられない
理不尽に惑う　浅はかな思い込みは
愚かな人間の　業であろうか

（一九九九・五・九）

幸せであったことを

少年の頃　田甫の畦に
仰向けになって　行く雲を眺めては
あの雲は　どこへ行くのだろうと
素朴に思ったものだった

およそ雲の　しぐさは
貧乏な日暮らしとは　まったく
無縁であって　飄々として
自由そのものの　ように思えた

いささか　私も年を取り
どうしようもない　勤め人の

性の中に　埋没しそうな
日暮らしであるが　是非もない

紅顔の　美少年の頃に
今さら戻るべき　術とてないが
恐れるものは　何もなかった
あの少年時代が　懐かしい

苦のない　人生などは
あるはずもないが　息子が長じて
父は愛する　家族の故に
幸せであったことを　知って欲しい

（一九九九・五・一三）

とても納得はできない

母が我が家に　滞在してから
ちょうど　一週間になる
明日の子どもの　運動会に
来ているのだが　いつまでいられるやら

知人とてなく　行くところも
することも　ないのであるから
やむを得ない　ことである
私も気がかりではあるが　是非もない

年々歳々　衰えていくのが
目に見えて　顕著であるが

これも自然の　理であって
嘆くことさえ　無意味である

佐江衆一の「老い方の探求」に
あるごとく　母の老いに
どのように　対応することになるのか
まったく予測が　つかないのだ

そのような　不安な心模様の
中にありながらも　思うことは
老いは決して　苦であってはならない
そうでなければ　とても納得はできない

（一九九九・六・五）

著者プロフィール
大根龍太（おおねりゅうた）
昭和23（1948）年、大分県生まれ。
北九州大学商学部卒業。
会社員。

澄んだ目で

2001年1月15日　初版第1刷発行

著　者　大根龍太
発行者　瓜谷綱延
発行所　株式会社 文芸社
〒112-0004　東京都文京区後楽2-23-12
電話　03-3814-1177（代表）
03-3814-2455（営業）
振替　00190-8-728265

印刷所　株式会社平河工業社

乱丁・落丁本はお取り替えします。
ISBN 4-8355-1049-6 C0095